U0083769

古典詩歌研究彙刊

第十六輯

龔鵬程 主編

第17冊

宋詩與高麗漢詩（下）

王正海 著

國家圖書館出版品預行編目資料

宋詩與高麗漢詩（下）／王正海 著 — 初版 — 新北市：花木蘭文化出版社，2014〔民 103〕

目 2+138 面；17×24 公分

（古典詩歌研究彙刊 第十六輯；第 17 冊）

ISBN 978-986-322-835-6（精裝）

1.宋詩 2.漢詩文 3.詩評

820.91 103013524

ISBN-978-986-322-835-6

古典詩歌研究彙刊

第十六輯 第十七冊 ISBN：978-986-322-835-6

宋詩與高麗漢詩（下）

作　　者　王正海

主　　編　龔鵬程

總 編 輯　杜潔祥

副總編輯　楊嘉樂

編　　輯　許郁翎

出　　版　花木蘭文化出版社

社　　長　高小娟

聯絡地址　235 新北市中和區中安街七二號十三樓

電話：02-2923-1455／傳真：02-2923-1452

網　　址　http://www.huamulan.tw 信箱 hml 810518@gmail.com

印　　刷　普羅文化出版廣告事業

初　　版　2014 年 9 月

定　　價　第十六輯 21 冊（精裝）新台幣 32,000 元

宋詩與高麗漢詩（下）

王正海 著

目次

下　冊

第三章　宋代詩學與高麗漢詩批評

中國古代詩學批評盛於宋。正如李東陽所言：「唐人不言詩法，詩法多出於宋。」〔註1〕吳喬亦曰：「唐人精於詩而詩話則少，宋人詩離於唐而詩話乃多。」〔註2〕深受宋代詩學影響的高麗漢詩，從高麗中葉開始同樣也興起了一股詩學批評的風氣，並出現了許多論詩的作品。這當中有專門的論詩文，也有論詩詩，不過最爲突出的還是出現了三部集中論述詩學的著作：《破閑集》、《補閑集》和《櫟翁稗說》。本章將著重探討宋代詩學對高麗漢詩批評之影響。

第一節　宋代詩學與高麗漢詩批評背景

一、宋代詩學經驗之總結

「宋人生唐後，開闢眞難爲。」〔註3〕這句話道出了宋人在唐詩這座高峰籠罩下的艱難創作處境。在唐詩面前，他們會很無奈的發現「世間好言語已被老杜道盡，世間俗言語已被樂天道盡。」〔註4〕爲

〔註1〕《麓堂詩話》，《歷代詩話續編》第1371頁。

〔註2〕吳喬《答萬季野詩問》，見《清詩話》，上海古籍出版社，1999年，第29頁。

〔註3〕蔣士銓《忠雅堂詩集》卷十三《辯詩》。

〔註4〕《苕溪漁隱叢話》卷十四「王安石」。

此，如何在唐詩的陰影下創新求變，便成爲宋人需要思考的一個首要問題。

宋人是不甘於因循前人的，他們的可貴之處便在於處於困境而圖新。俯瞰整個宋詩發展的歷史，「變」是一個永恒的主題，也是宋人始終不渝的追求。吳小如《宋詩漫談》曰:「(中國古典詩歌)源於《詩》、《騷》，興於漢魏，盛於唐，變於宋，衰於元，壞於明，迴光返照於清。」〔註5〕一個「變」字道出了宋詩的獨特。許總也認爲:「對傳統詩歌中的變革精神的極度發展，正是宋詩的重要特色之一，也就是說，在整個詩史的嬗遞流程中，宋詩的變革程度是最高的。」〔註6〕顯然，這要比後人只是純粹的模仿高出許多，所以錢鍾書先生認爲，「宋詩的成就在元詩、明詩之上，也超過了清詩」。〔註7〕

宋詩之「變」體現在哪裏呢？全祖望《宋詩紀事序》曰:「宋詩之始也，楊、劉諸公最著，所謂西崑體者也。說者多有貶辭，然一洗西崑之習者歐公，而歐公未嘗不推服楊、劉。……慶曆以後，歐、蘇、梅、王數公出，而宋詩一變。坡公之雄放，荊公之工練，並起有聲。而涪翁以崛奇之調，力追草堂，所謂江西派者，和之最盛，而宋詩又一變。建炎以後，東夫（蕭德藻）之瘦硬，誠齋（楊萬里）之生澀，放翁（陸游）之輕圓，石湖（范成大）之精緻，四壁並開。及永嘉徐、趙諸公（徐照、徐璣、趙師秀），以清虛便利之調行之，見賞於水心，則四靈派也，而宋詩又一變。嘉定以後，《江湖小集》盛行，多四靈之徒也。及宋亡，而方、謝之徒（方回、謝翺），相率爲急迫危苦之音，而宋詩又一變。」〔註8〕

〔註5〕吳小如《宋詩漫談》，《文史知識》，1990年第1期。

〔註6〕許總《宋詩史嬗遞軌迹描述及其文化特徵分析》，見《宋詩史》引論，重慶出版社，1992年，12頁。

〔註7〕錢鍾書《宋詩選注》，生活・讀書・新知三聯書店，2002年，第10頁。

〔註8〕轉引自劉大杰《中國文學發展史》，復旦大學出版社，2006年，第209頁。

我們循著全祖望的描述，大致可以看清宋詩的變化脈絡。宋人在發展宋詩的過程中，幾經變化，不斷總結經驗教訓，從體裁、題材、風格、意象、意境等方面逐漸形成屬於自己的特色，爲中國詩學的發展做出了卓越的貢獻，也影響了東亞漢文化圈內漢詩的發展之路。所以，高麗漢詩批評是與宋代詩學經驗的不斷總結分不開的。

爲此，我們簡單回顧一下宋詩的發展歷程。葉燮《原詩·內篇上》云：「宋初，詩襲唐人之舊，如徐鉉、王禹偁輩，純是唐音。」誠然，宋初詩壇主要承襲晚唐五代餘風，「三體代興」。「三體」分別是「白體」，主要代表人物有李昉、徐鉉和王禹偁。《蔡寬夫詩話》云：「國初沿襲五代之餘，士大夫皆宗白樂天詩，故王黃州主盟一時。」〔註 9〕白體詩人主要學習白居易的唱和詩和淺近平易的詩風，其中王禹偁是主要代表，他的詩歌風格平易流暢，並帶有議論化和散文化的特點，成爲開創宋詩風格的先驅。二是「晚唐體」，這一派主要學習模仿賈島、姚合的詩風。宋初「晚唐體」詩人有兩個群體，一個是九僧詩人群體，一個是潘閬、魏野和林逋等人的隱士群體。「晚唐體」詩人擅長五律，苦心琢句，但往往有佳句而無完篇，詩境狹窄，題材內容不出草木蟲魚鳥獸之外。三是「西崑體」，代表有楊億、劉筠、錢惟演等人。眞宗景德二年（1005），楊億等編纂《冊府元龜》，在修書之餘，他們寫詩唱和，楊億把這些酬唱詩結集爲《西崑酬唱集》。這部詩集在當時影響很大，學子紛紛效法，號爲「西崑體」，在宋初風靡了數十年。他們效法李商隱善長對偶、喜用典故、追尚辭藻的特點，所作詩傷於雕琢堆砌。

北宋中期，新一代詩壇主將歐陽修和梅堯臣崛起，大刀闊斧地對詩風進行改革，開始奠定宋詩的基本格調。他們力求擺脫晚唐以來直至西崑詩人崇尚近體、專務對偶聲律的詩風，渴望形成自己的風格。梅堯臣云：「安取唐季二三子，區區物象磨窮年」，〔註 10〕代表了這一

〔註 9〕《蔡寬夫詩話》四十三條，郭紹虞《宋詩話輯佚》，第 398 頁。
〔註 10〕《答裴送序意》，見《全宋詩》卷二六一，第 5 冊，第 2865 頁。

派人對詩歌創作的要求。梅堯臣寫了很多關注國事民生、充滿憂患意識和責任感的詩，繼承了杜甫、白居易的詩歌傳統，也開闢了宋詩更貼近日常生活的題材走向。他還在藝術風格上追求「平淡」，認爲「作詩無古今，唯造平淡美」。〔註11〕梅詩的題材走向和風格傾向都具有開宋詩風氣之先的作用，對宋詩特點的形成具有開創意義，後人評之爲：「去浮靡之習，超然於崑體極弊之際；存古淡之道，卓然於諸大家未起之先。」〔註12〕劉克莊也認爲「本朝詩唯宛陵爲開山祖師」。〔註13〕

歐陽修作詩受韓愈影響，以散文手法和議論入詩。張戒《歲寒堂詩話》云:「歐陽公詩學退之。」〔註14〕方東樹《昭昧詹言》亦云：「學歐公作詩，全在用古文章法。」〔註15〕這體現了歐陽修「以文爲詩」的特色。針對宋初三體「規模晚唐格調，寸步不敢走作」的缺點〔註16〕，歐陽修則「悉除其偏而振挈之，豪宕悅愉悲慨之語，各得其職」。〔註17〕

歐、梅詩歌創作在藝術上還不夠成熟，然而爲革新宋初詩風作出了很大貢獻，爲宋詩的繼續發展開闢了道路。到元祐時期，宋時開始進入全面發展階段，王安石、蘇軾、黃庭堅等人的詩歌，都自成一體，嚴羽《滄浪詩話·詩體》分別稱之爲「王荊公體」、「東坡體」和「山谷體」，他們的詩歌風格代表著「宋調」的特質。

蘇軾詩歌內容博大精深，風格豐富多樣，藝術技巧高超嫻熟。在他的筆下，什麼題材都可以入詩，天機隨觸，因物賦形，「其筆之超曠，等於天馬脫羈、飛仙遊戲，窮極變幻，而適如意中所欲出」。〔註18〕葉

〔註11〕《讀邵不疑學士詩卷》，見《全宋詩》卷二六一，第5冊，第3171頁。
〔註12〕龔嘯《跋前二詩》，《宛陵先生集》附錄。
〔註13〕《後村詩話》前集卷二，中華書局1983年，第22頁。
〔註14〕《歲寒堂詩話》卷上，《歷代詩話續編》第451頁。
〔註15〕《昭昧詹言》卷十二，人民文學出版社，1962年，第275頁。
〔註16〕劉克莊《江西詩派小序》，見《歷代詩話續編》第476頁。
〔註17〕《書鮑仲華詩後》，〔元〕袁桷《清容集》卷四十九，道光宜稼堂本。
〔註18〕沈德潛《說詩晬語》卷下三，《清詩話》第544頁。

變《原詩・內篇上》云：「蘇軾之詩，其境界皆開闢古今之所未有，天地萬物，嬉笑怒罵，無不鼓舞於筆端。」趙翼《甌北詩話》云：「以文爲詩，自昌黎始，至東坡益大放厥詞，別開生面，成一代之大觀。……其尤不可及者，天生健筆一枝，爽如哀梨，快爲並剪，有必達之隱，無難顯之情，此所以繼李、杜後爲一大家也。」〔註 19〕蘇軾的詩歌代表著宋詩的最高水準。

與蘇軾相比，黃庭堅的詩博采眾長，形成了奇崛瘦硬的獨特風格，與唐詩的豐情神韻形成鮮明的對照。他作詩講究字斟句酌，法度井然，重視章法、句法，也重視鍊字和典故，還有聲律拗峭的特點，鮮明地體現了宋詩的審美風範，可稱爲宋詩的集大成者。其超凡脫俗的詩情詩趣以及「以文字爲詩、以才學爲詩」的表達習慣，開啓了「江西詩派」一代詩風。因而劉克莊說：「豫章稍後出，會萃百家句律之長，窮極歷代體制之變，搜獵奇書、穿穴異聞，作爲古、律，自成一家，雖隻字半句不輕出，遂爲本朝詩家宗祖」。〔註 20〕

「江西詩派」秉承黃庭堅的詩法，重視學力修養，講究「點鐵成金」、「奪胎換骨」，詩歌的語言和意境在借鑒前人藝術經驗的基礎上推陳出新，既字字有來歷，又具有陌生化的審美效應；詩歌的題材取向側重於書齋化式日常生活，詩人由對外部生活世界的關注轉而注重自我內在的人格修養，詩歌的功能也由補世勵人轉變爲自娛自勵，言情言志的詩歌朝著言意言趣的方向發展。「江西詩派」是宋詩發展過程中的重要環節，其影響在北宋末期已經非常顯著，到了南宋，影響更遍及於整個詩壇。

在「靖康之難」前後出生的陸游、楊萬里、范成大和尤袤等「中興四大家」早年從江西詩法入門，但最終卻超越了「江西詩派」的詩風，寫出了思想和藝術各有特色的作品，改變了數十年間「江西詩派」獨領風騷的格局，宋詩又呈現出新的輝煌。在「中興四大家」即將退

〔註 19〕《甌北詩話》卷五「蘇東坡詩」，人民文學出版社，1963 年第 56 頁。
〔註 20〕《江西詩派小序》，《歷代詩話續編》，478 頁。

出詩壇之際，在永嘉（浙江溫州）地區出現了四位名字中都帶有「靈」字而並稱爲「四靈」的詩人：徐照（字靈暉）、徐璣（字靈淵）、翁卷（字靈舒）、趙師秀（字靈秀）。「四靈」的學力才氣都不足以繼「中興四大家」之盛，既想另闢蹊徑，又不滿於「江西詩派」，於是回歸晚唐，專工五律，實際上又滑入了宋初「晚唐體」的軌道。繼「四靈」而起的江湖詩派，近學「四靈」，遠宗晚唐，詩歌的境界比「四靈」詩要寬闊，工於白描，詩風比較清麗。江湖詩派的詩歌，主要展現了宋末知識分子的人格心態變化歷程。

宋詩三百多年的發展，不斷求變，開創出了一片新的詩學天地，並形成了與唐詩風貌迥然的獨有特質。繆鉞《論宋詩》云：「唐詩以韻勝，故渾雅，而貴蘊藉空靈；宋詩以意勝，故精能，而貴深折透闢。唐詩之美在情辭，故豐腴；宋詩之美在氣骨，故瘦勁。」〔註 21〕此語精確地概括了唐宋詩的不同特質。錢鍾書《談藝錄》亦云：「唐詩多以豐神情韻擅長，宋詩多以筋骨思理見勝。」〔註 22〕從唐詩到宋詩，中國詩歌的發展經歷了從主情到主理的超越。重視挖掘哲理，創造有理趣的詩篇，這是宋代詩人的創新之路。

伴隨著宋詩的發展，宋代詩學批評也前所未有地興盛起來。宋代詩學批評的興盛，與宋代特有的「批評」文化有關。從文化風習上看，宋人頗有策士之風，縱橫捭闔，意氣高揚。〔註 23〕葉適《習學記言序目》認爲，歐陽修乃「本朝議論之宗」，蘇軾爲「古今議論之傑」。〔註 24〕蘇軾本人也在《與王庠書》中說自己「少時好議論古人」。〔註 25〕陸游云：「唐及國初，學者不敢議孔安國、鄭康成，況聖人乎？自慶曆後，諸儒發明經旨，非前人所及，然排《繫辭》，毀

〔註 21〕繆鉞《詩詞散論》，上海開明書店，民國 37 年，第 17 頁。

〔註 22〕錢鍾書《談藝錄》，生活・讀書・新知三聯書店，2001 年，第 3 頁。

〔註 23〕吳功正《宋代的文化精神與審美意識》，《福建論壇》2008 年第 5 期。

〔註 24〕葉適《習學記言序目》卷五十《皇朝文鑒》（四），中華書局 1977 年，第 744 頁。

〔註 25〕《蘇軾文集》卷四十九，第 1422 頁。

《周禮》，疑《孟子》，譏《書》之《胤征》、《顧命》，黜《詩》之《序》，不難於議經，況傳注乎？」〔註 26〕宋代人不僅議論學術，而且還議論時事、政治。歐陽修《鎮陽讀書》云：「開口攬時事，議論爭煌煌。」〔註 27〕曾鞏「議論古今治亂得失賢不肖，必考諸道，不少貶以合世。」〔註 28〕程頤「以天下自任，議論褒貶，無所顧避。」〔註 29〕這種議論之風，甚至招致了「儒者議論多於事功」批評。〔註 30〕

宋人好議論，與宋人特有的理性精神有關，也就是說「宋人的思維是思辨型的，所創立的哲學是思辨型的哲學，這就孕育了他們愛議論的習慣。」〔註 31〕徐復觀云：「宋承五代浩劫，在文化中發生了廣大的理性反省，希望把漂浮淪沒的人生價值重新樹立起來，以再建人自身的地位。……宋代文人較唐代文人是更爲理性的，在生活上是較爲嚴肅的。理性的特徵，是要追問一個所以然的，必會發而爲議論，以理性處理感情，在感情中透出理性，於是唐詩主情，宋詩主意、多議論，在這裡應當找到根。」〔註 32〕

議論的風氣還進入到了文學創作領域，並招致了批評。《宋詩鈔・臨川集》小序批評王安石詩「獨是議論過多」〔註 33〕，張戒《歲寒堂詩話》稱蘇軾「以議論爲詩……學者未得其所長，而先得其所短」〔註 34〕，嚴羽《滄浪詩話・詩辨》亦批評「近代諸公……以議論爲詩」〔註 35〕。葉燮在《原詩・外篇》中總結曰：「宋人以文爲詩，

〔註 26〕王應麟《困學紀聞》卷八引。

〔註 27〕《居士集》卷二，見《歐陽修全集》第 14 頁。

〔註 28〕林希《曾鞏墓誌》，陳杏珍、晁繼周校點《曾鞏集》附錄一，中華書局，1984 年，第 798 頁。

〔註 29〕朱熹《伊川先生年譜》，見《二程全書》（遺書・附錄）。

〔註 30〕《宋史》卷一百七十三・志一百二十六・食貨志序。

〔註 31〕吳功正《宋代的文化精神與美學意識》，《福建論壇》2008 年第 5 期。

〔註 32〕徐復觀《中國文學精神》，上海世紀出版集團，2006 年，第 487 頁。

〔註 33〕《宋詩鈔》初集，康熙刻本。

〔註 34〕《歲寒堂詩話》卷上，《歷代詩話續編》第 455 頁。

〔註 35〕《歷代詩話》，688 頁。

主議論，於《三百篇》爲遠。」〔註 36〕

顯然，從詩歌創作角度而言，議論入詩並未得到當代及後人充分的肯定。然而，從另一角度來看，議論與詩歌創作結合起來，卻促進了宋代詩學批評的發展。宋代詩人們不斷總結創作中的種種經驗與不足，並把它形諸文字，造就了宋代詩論極大的發展局面。正是宋代詩人們在理論與經驗方面的辛勤總結，爲漢文化圈內詩學的不斷髮展提供了有效的養分。

二、宋代詩學批評之進入高麗

宋代詩學批評作品是對宋代詩歌創作經驗的總結，而把宋詩作爲學習對象的高麗漢詩，自然也不免受其影響。在高麗詩文中，引用和借鑒宋代詩學觀點也便成了很正常的事情。那麼，在高麗期間，有哪些宋代詩學批評著作進入了朝鮮半島呢？我們從高麗文人筆下或許可以找到一點線索。

1、《冷齋夜話》

> 李仁老《破閒集》卷上：「讀惠洪《冷齋夜話》，十七八皆其作也。清婉有出塵之想，恨不得見本集。……因見潘大臨寄謝臨川一句，今爲補之：『滿城風雨近重陽，霜葉交飛菊半黃。爲有俗雰來敗矣，惟將一句寄秋光。』」

按：《郡齋讀書志》卷十三著錄有惠洪《冷齋夜話》六卷，晁公武稱其「多記蘇、黃事，皆依託也。」《四庫全書總目提要》「冷齋夜話」條云：「是書雜記見聞，而論詩者居十之八。論詩之中，稱引元祐諸人者又十之八，而黃庭堅語尤多。」〔註 37〕雖然晁公武認爲《冷齋夜話》「皆依託也」，亦即書中有很多「誕妄僞託」的成分，但是《四庫全書總目提要》亦以爲「惠洪本工詩，其詩論實多中理解。」李仁老所提潘大臨「滿城風雨近重陽」這一典故見於《冷齋夜話》卷四。

〔註 36〕《原詩》卷四・外篇下，見《清詩話》，607 頁。
〔註 37〕《四庫全書總目提要》卷一百二十・子部三十・雜家類四。

不過，需要注意的一點是，在《郡齋讀書志》中，《冷齋夜話》與「詩話」一起歸爲「小說類」，《直齋書錄解題》與《文獻通考·經籍考》均把《冷齋夜話》放入「小說家類」，而把「詩話」放入「文史類」。在《四庫全書總目》中，《冷齋夜話》被歸爲「雜家類」，詩話在「詩文評類」。這說明，在北宋，「詩話」與「小說」是不分的，但是到南宋以後，兩者已經有了很明確的區分。

2、蔡絛《西清詩話》

李奎報《東國李相國後集》卷十一《王文公菊詩議》：

> 予按《西清詩話》：載王文公詩曰「黃昏風雨暝園林，殘菊飄零滿地金」，歐陽修見之曰：「凡百花皆落，獨菊枝上黏枯耳，何言落也」。永叔之言，亦不爲大非。文公大怒曰：「是不知楚辭云夕餐秋菊之落英，歐陽九不學之過也」。

按：《直齋書錄解題》卷二十二載《西清詩話》三卷，蔡絛著。絛（生卒年不詳），字約之，別號無爲子，興化仙遊（今屬福建）人，蔡京之季子。陳振孫稱《西清詩話》「其議論專以蘇軾、黃庭堅爲本」。曾敏行《獨醒雜誌》卷二云：「蔡絛約之，好學知趨向。爲徽猷閣待制時，作《西清詩話》一編，多載元祐諸公詩詞。未幾，臣僚論列，以爲絛所撰私文，專以蘇軾、黃庭堅爲本，有誤天下學術。遂落職勒停。」〔註 38〕陳振孫稱《西清詩話》乃絛「使其客爲之」。但《四庫全書總目提要》以爲「此書作於竄逐之後，黨與解散」，不太可能假於別人之手。〔註 39〕

李奎報所引典故今見於明抄本《西清詩話》卷下第六則，其文曰：

> 歐陽文忠公嘉祐中見王文公詩「黃昏風雨暝園林，殘菊飄零滿地金」，笑曰：「百花盡落，獨菊枝上枯耳。」因

〔註 38〕曾敏行《獨醒雜誌》，叢書集成初編本，第 13 頁。

〔註 39〕《四庫全書總目提要》卷一百四十一·子部五十一·小說家類二「鐵圍山叢談」條。

戲曰：「秋花不比春花落，爲報詩人仔細吟。」文公聞之，怒曰：「是定不知《楚辭》云『飡秋菊之落英』，歐陽公不學之過也。」文人相輕，信自古如此。〔註 40〕

又《東國李相國後集》卷十一《李山甫詩議》云：

《詩話》：又載李山甫《覽漢史》詩曰：『王莽弄來曾半沒，曹公將去便平沈』。予意謂之此佳句也。有高英秀者譏之曰：『是破船詩也』。予意以爲凡詩有言物之體者，有不言其體而直言其用者。山甫之寓意，殆必以漢爲之船，而直言其用曰：『半沒平沈也』。若其時山甫在而言曰：『子以吾詩爲破船詩，然也。予以漢擬之船而言之也，而善乎子之能知也。』則爲英秀者，其何辭以答之耶？《詩話》亦以英秀爲惡喙薄徒，則未必用其言也。但詩話不及是議，予所未知也。

李奎報此處所言《詩話》當爲《西清詩話》。查閱宋代詩話，唯《西清詩話》載有此典故，今見於明抄本《西清詩話》卷中第十六則：

高英秀者，吳越國人，與贊寧爲詩友，口給，好罵滑稽，每見眉目有異者，必噂短於其後，人號「惡喙薄徒」。嘗譏名人詩病云：「李山甫《覽漢史》：『王莽弄來曾半破，曹公將去便平沈』，定是破船詩。」〔註 41〕

此外，《苕溪漁隱叢話》卷五十五也引用了《西清詩話》中的此段文字。

3、李頎《古今詩話》

李仁老《破閑集》卷下：

古今詩人託物寓意，多類此。二公之作初不與之相期，吐詞悽惋若出一人之口，其有才不見用，流落天涯羈遊旅

〔註 40〕張伯偉編校《稀見本宋人詩話四種》，江蘇古籍出版社，2002 年，第 218 頁。

〔註 41〕同上。

泊之狀，了了然皆見於數字間，則所謂詩源乎心者，信哉！〔註 42〕

按：「詩源乎心」說源自歐陽修《論李氏詩》一文，《古今詩話》載有此段文字：

> 歐公云：詩源乎心，貧富愁樂，皆係其情。江南李氏宮中詩曰：「簾日已高三丈透，金爐次第添香獸。紅錦地衣隨步皺，佳人舞點金釵溜。酒惡時拈花蕊嗅，別殿微聞簫鼓奏。」與夫「時挑野菜和根煮，亂斫生柴帶葉燒」異矣。〔註 43〕

這篇《論李氏詩》乃是從《類說》卷五六所引《古今詩話》中輯出。《四庫全書》本《歐陽文忠公集》中並無此篇，查閱《歐陽修全集》（北京中國書店，1986 年版，據世界書局 1936 年版影印）中也無此篇。

《古今詩話》原書久佚，郭紹虞《宋詩話輯佚》也是從《類說》中輯出此條。《宋史・藝文志》在「文史類」有《古今詩話錄》七十卷，李頎撰，一般認爲即此書，大約成書於北宋末年。〔註 44〕《古今詩話》以意、興言詩，於詩人審美意識、創作興會與詩之美感特徵，皆有所闡發，多得詩家三昧，近於蘇軾元祐一派。〔註 45〕

前文分析過，李仁老曾看過《歐陽文忠公集》，如果《論李氏詩》不在此集中，則有兩種可能，一是李仁老可能看過歐陽修其他散本著作，而其中保存有未經周必大或歐陽修刪定的這篇文章；二是李仁老閱讀過《古今詩話》。那麼李仁老有可能看過《古今詩話》嗎？我們再看李仁老《題李佺海東耆老圖後》中的一段話，他寫道：

> 詩與畫，妙處相資，號爲一律。古之人以畫爲無聲詩，

〔註 42〕《破閑集》卷下，《域外詩話珍本叢書》第八冊，42 頁。

〔註 43〕《古今詩話》「李氏宮中詩」條，見郭紹虞《宋詩話輯佚》，北京中華書局 1980 年，第 127 頁。

〔註 44〕郭紹虞《宋詩話考》，北京中華書局，1979 年，第 165 頁。

〔註 45〕李裕民《〈古今詩話〉成書年代考》，《晉陽學刊》，1998 年第 1 期。

> 以詩爲有韻畫，蓋模寫物象，披割天慳，其術固不期而相同也。〔註 46〕

蘇軾《和文與可洋川園池三十首‧溪光亭》詩云：「溪光自古無人畫，憑仗新詩與寫成。」施元之在注釋這首詩時，寫下下面一段文字：「《古詩話》：詩人以畫爲無聲詩，詩爲有聲畫。」〔註 47〕據郭紹虞先生考證，此處施元之所引《古詩話》就是《古今詩話》。《古今詩話》第三百六十三條，郭先生作按語云：「施注《蘇詩》引《古今詩話》每作《古詩話》」。〔註 48〕

施元之所引《古今詩話》中的文字與李仁老《題李佺海東耆老圖後》中的文字幾乎完全一致，那麼，李仁老看過《古今詩話》的可能性很大。加之，在李仁老時代，書籍交通不便，歐陽修作品似乎也不太可能一本一本傳到高麗，所以，李仁老看過《古今詩話》的概率要更大。

4、魏慶之《詩人玉屑》

> 李穡《牧隱詩稿》卷八《讀〈玉屑〉卷末》詩曰：「望江南調與聲清，綽約肌膚冰雪明。歌罷出門無處覓，定應騎鵠上瑤京。」

按：《詩人玉屑》乃南宋魏慶之編。《四庫全書總目提要》評論此書時云：「宋人喜爲詩話，裒集成編者至多。傳於今者，惟阮閱《詩話總龜》、蔡正孫《詩林廣記》、胡仔《苕溪漁隱叢話》及慶之是編，卷帙爲富。然《總龜》蕪雜，《廣記》掛漏，均不及胡、魏兩家之書。仔書作於高宗時，所錄北宋人語爲多。慶之書作於度宗時，所錄南宋人語較備。二書相輔，宋人論詩之概亦略具矣。」〔註 49〕從李穡詩篇，可知《詩人玉屑》至少在麗末之前已經傳到了朝鮮半島。

〔註 46〕《東文選》卷一百二十。
〔註 47〕《施注蘇詩》卷十一，《四庫全書》本。
〔註 48〕郭紹虞《宋詩話輯佚》，北京中華書局 1980 年，第 259 頁。
〔註 49〕《四庫全書總目提要》卷一九五‧集部四八‧詩文評類一。

又《補閑集》卷下：

文以豪邁壯逸爲氣，勁峻清駛爲骨，正直精詳爲意，富贍宏肆爲辭，簡古倔強爲體，……若詩，則新奇絕妙逸越含蓄險怪俊邁豪壯富貴雄深古雅，上也。……詩格曰：句老而字不俗，理深而意不雜，才縱而氣不怒，言簡而事不晦，方入於風騷。此言可師。

按：崔滋所云「詩格」不知出於何書。唐宋名爲「詩格」的著作主要有王昌齡《詩格》、白居易《金針詩格》、梅堯臣《續金針詩格》等，但都未見此文字。但《詩人玉屑》卷四「詩有四煉」云：「諧會五音，清便宛轉，宮商迭奏，金石相宣，謂之聲律。摹寫景象，巧奪天眞，探索幽微，妙與神會，謂之物象。苟無意與格以主之，才雖華藻，辭雖雄贍，皆無取也。要在意圓格高，纖穠俱備，句老而字不俗，理深而意不雜，才縱而氣不怒，言簡而事不晦，如此之作，方入風騷。」其最後幾句與崔滋所引完全一致，《詩人玉屑》並未注明這幾句話引自何處，很有可能是魏慶之自己的評論。《詩人玉屑》成書於南宋淳祐年間（1244 年左右），〔註 50〕如果崔滋（1188～1260）所引文字確實是出自《詩人玉屑》，則該書進入高麗的時間要比李穡所看到的時間更早。

5、阮閱《詩話總龜》

李齊賢《櫟翁稗說》後集一：

延祐丙辰，予奉使祠峨眉山，道趙魏周秦之地，抵岐山之南，逾大散關，過褒城驛，登棧道，入劍門，又舟行七日方到所謂峨眉山者，因記李謫仙《蜀道難》『西當太白有鳥道，可以橫絕峨眉巔』之句。太白在咸陽西南，峨眉則在成都東北，可謂懸隔，然而自咸陽數千里至成都，或東或西，不一其行，又自成都東行，北轉六百餘里，然後

〔註 50〕耘廬《〈詩人玉屑〉的成書年代》，《學術研究》1983 年第 4 期。

至峨眉，雖山川道路之遠，度其勢，二山不甚相遠，人迹固不相及，鳥道則可以橫絕云耳。白樂天《長恨歌》云「黃塵散漫風蕭索，雲棧縈紆登劍閣。峨眉山下少人行，旌旗無光日色薄。」此言明皇幸成都時所歷也。如其所云，峨眉當在劍門成都之間，而今乃不然，後得《詩話總龜》，見古人已有此論，蓋樂天未嘗到蜀中也。

按：《詩話總龜》，宋阮閱編。胡仔《苕溪漁隱叢話》序曰：「舒城阮閱，昔爲郴江守。嘗編《詩總》，頗爲詳備。蓋因古今詩話附以諸家小說分門增廣。獨元祐以來諸公詩話不載焉。考編此《詩總》，乃宣和癸卯。是時元祐文章禁而弗用，故阮因以略之。」李齊賢未說明他是何時何地得到《詩話總龜》的，但大致時間應該是在十四世紀中葉。

6、胡仔《苕溪漁隱叢話》

李穡《牧隱文稿》卷四《陶隱齋記》：

古之人隱於朝者，詩之伶官，漢之滑稽是已。隱於市者，燕之屠狗，蜀之賣卜者是已。晉之時，隱於酒者，竹林也。宋之季，隱於漁者，苕溪也。其他以隱自署其名者，唐之李氏羅氏是已。三韓儒雅，古稱多士，高風絕響，代不乏人，鮮有以隱自號者。出而仕其志也，是以羞稱之耶。隱而居其常也，是以不自表耶。何其無聞之若是耶。

按：胡仔編有《苕溪漁隱叢話》，《四庫全書總目提要》評論此書時曰：「其書繼阮閱《詩話總龜》而作。前有自序，稱閱所載者皆不錄。二書相輔而行，北宋以前之詩話，大抵略備矣。然閱書多錄雜事，頗近小說；此則論文考義者居多，去取較爲謹嚴。閱書分類編輯，多立門目；此則惟以作者時代爲先後，能成家者列其名，瑣聞軼句則或附錄之，或類聚之，體例亦較爲明晰。閱書惟採摭舊文，無所考正；此則多附辯證之語，尤足以資參訂。故閱書不甚見重於世，而此書則

諸家援據，多所取資焉。」〔註 51〕

雖然李穡只是在文中提到了胡仔的名字，並未明確是否看到《苕溪漁隱叢話》，但是如果李齊賢已經讀到了《詩話總龜》，李穡也已經讀到《詩人玉屑》，則《苕溪漁隱叢話》沒有理由不進入高麗。

宋代詩話著作至少有上百種，本文從高麗文人筆下文字中所搜羅到的僅是冰山之一角。在麗宋頻繁的書籍交流情況下，以及高麗人士對中國詩歌，尤其是宋代詩歌的仰慕下，我們完全可以相信，還有更多其他宋代詩學批評著作也已經傳入了高麗。

三、高麗詩學評論之興起

1、「議有所自出」——批判性思維的產生

高麗與宋朝相似的地方在於，其文化中亦充滿批評的風氣。無論是佛教的經義，抑或是儒家的經史，都經常成爲士人談論的對象。他們或研討墳典，或談論政治，或批評人物，其議論之風盛行。

從國家政治層面來說，雖然佛教是社會生活和人們精神生活方面的一支重要力量，但是維繫其社會制度，特別是維繫其君權的還是儒家的思想。儘管君王都崇尚佛學，但是儒家經典還是社會統治階層以及知識階層必須學習和閱讀的內容。從新羅時代「讀書三品科」的學習內容，到高麗科舉考試科目，再到高麗國子監、私學等教育機構的教學內容，無一不把儒家的經史作爲其主要內容。因此，研討儒家經典，從高麗初期開始，便成爲君臣之間一件重要的事項。高麗甚至也學習中國，設有經筵制度，經常召集知名儒士講經。如《高麗史》記載，仁宗（1122～1146 在位）曾在麒麟閣讓鄭知常講《書・無逸》，鄭沆講《禮記・中庸》等。〔註 52〕講經還往往與討論結合起來，君臣之間就某個問題一起探討，辨析經義等。如睿宗（1105～1122 在

〔註 51〕《四庫全書總目提要》卷一九五・集部四八・詩文評類一。

〔註 52〕《高麗史》卷十五・世家・仁宗。

位)「好文學,常與寶文閣儒臣講論經史,富佾雄辨折衷,人莫之敵,名重當世。」〔註 53〕李仁老也說睿宗「天性好學,尊尚儒雅,特開清宴閣,日與學士討論墳典。」〔註 54〕李齊賢《櫟翁稗說》亦云:「□國安和寺有石刻睿王唐律四韻詩一篇,其後云:『太子某書者,仁王體也。』是時,王與太子皆勵精嚮學,延訪儒雅,而尹瓘、吳延寵、李□、李預、朴浩、金緣、金富佾、(金)富軾、(金)富儀、……胡宗旦,名臣賢士,布列朝著,討論潤色,亹亹有中華之風,後世莫及焉。」〔註 55〕當然,討論的目的乃是在於「敷暢先王之道,藏焉修焉息焉遊焉,不出一堂之上,而三綱五常之教,性命道德之理,充溢乎四履之間。」〔註 56〕

高麗中期,討論墳典逐漸進入到批評時政階段。李奎報在《上晉康公書》中寫道:「欲令甲所未創於心者,乙乃創之而唱之。乙所未爾者,甲亦發而唱之。迭相創始,商酌眾議,然後國論行矣。若皆環顧相持,怯於首發,則國家之議論,何自而生焉。」〔註 57〕

李奎報所希望的是一種「國家之議論」,在他看來,「立議創端」雖是「省郎之職」,但是「議有所自出」,故而會形成一種自上而下的風尚。這種批評之風對一個國家健康發展來說是非常重要的,缺乏議論批評之風,將會使姦邪當道,致使社會陷入昏暗不明狀況。鄭道傳就曾感慨高麗末期「議論習尚,日趨於薄,似非清明聖時爲宜有。」

〔註 53〕《高麗史》卷九十七・列傳・金富佾。

〔註 54〕《破閑集》卷上,《域外詩話珍本叢書》第八冊,9 頁。

〔註 55〕《櫟翁稗說》後集一。

〔註 56〕《高麗史》卷九十六・列傳九・金仁存:「王宴親王兩府於清燕閣,命仁存記其事其文曰:『王以聰明淵懿篤實輝光之德,崇尚儒術,樂慕華風,故於大内之側延英書殿之北慈和之南別創寶文清燕二閣,一以奉聖宋皇帝御製詔敕書畫,揭爲訓則,必拜稽肅容,然後仰觀之;一以集周孔軻雄以來古今文書,日與老師宿儒討論,敷暢先王之道,藏焉修焉息焉遊焉,不出一堂之上,而三綱五常之教,性命道德之理,充溢乎四履之間。』」

〔註 57〕《東國李相國全集》卷二十七,《韓國文集叢刊》第一冊,574 頁。

〔註 58〕所以，南在（1351～1419）特上書國君：「願殿下日接群賢，議論治道，無使群小婦女得以日近。」〔註 59〕

而凡是眞正的君子，當然要以批評時政爲職責，並且，其所發議論也會因其個人聲望而格外令人注目，如李齊賢「天資厚重，輔以學問，高明正大，故其發於議論，措諸事業者，燁然可觀也。」〔註 60〕

在批評風氣的影響之下，文人們開始把疑歷史、評現實的文字形諸筆端，大膽闡發自己的見解。李奎報就是其中的典型，他寫了很多議論性文字，如《承誤事議》、《反柳子厚守道論》、《非柳子厚非國語論》、《爲晁錯雪冤論》、《山海經疑詰》、《唐書杜甫傳史臣贊議》、《唐書不立崔致遠列傳議》、《韓信傳駁》、《杜牧傳甑裂事駁》、《屈原不宜死論》、《論日嚴事》等，從這些文章的題目中，就可以看出他那種強烈的議論風格。

比如《爲晁錯雪冤論》云：

> 古之人論漢之英明之君，則首稱文景。然以誅錯事觀之，景帝不足謂之明矣。且國政，非臣之所能專斷而行之者也，陳其利害而取斷於君上者，臣之職也。受下之謀議，商酌可否，而後行之者，君之明也。錯既爲漢臣，患諸侯之強大難制，欲因過削地，以尊京師，此可謂忠於國者也。遂以此奏於上，上亦不能獨裁，與公卿列侯宗室雜議而後行之，則咎不獨在錯矣。脫七國實爲錯而發兵者，業已用其計而致此，則是亦朝廷之恥也。宜徐觀其變，然後誅之未晚也。錯之削諸侯，亦非不慮其反逆而策之者也，宜委

〔註 58〕《三峰集》卷六《經濟文鑒》（下・縣令），《韓國文集叢刊》第五冊，410 頁。

〔註 59〕《龜亭先生遺稿》（上）《上時務疏・壬申九月大司憲時》，《韓國文集叢刊》第六冊，624 頁。

〔註 60〕《牧隱文稿》卷十六《雞林府院君謚文忠李公墓誌銘》，《韓國文集叢刊》第二冊，613 頁。

以制御之任，有不可而後誅之亦可矣。況吳王即山鑄錢，煮海爲鹽，爲反計數十年。而後與六國發之，則名雖誅錯，其意不在錯也。苟其勢可以抗京師，則雖急斬錯以謝，祇自示中國之輕耳，終不爲罷兵明矣。苟不能以區區七國能抗京師，則雖不誅錯，其若予何耶。其誅之也，雖斷自上心，猶爲不可。況聽其讎者之讒，以戮忠臣，內爲袁盎復讎，外爲諸侯報仇，其不明孰大焉。又使中尉紿載行市，是欺臣也。以天子而斬一晁錯，何必誑耶，是亦非人君之政也，過孰甚焉。惜也銳於爲國遠慮，而反受誅戮，晁錯之冤，不亦甚乎。以文帝之疏斥賈誼，較諸此則彼特過之小小者耳。況誼之斥也，未幾復徵，傅上之愛子，而其策雖未盡見用，其所採而施於世者亦多矣，則不可謂大失其志者也，然後世猶以不大用爲之冤也，況如錯者乎。予是以譏景帝之不明，以此雪錯之深冤也。嗚呼，有努力扶我身者，誤而少失其手，則未及踣地，而敢怒斥耶。〔註61〕

晁錯的悲劇，就在於漢景帝錯誤地估計了形勢，並且「寡恩忍殺」，對群臣用如犬馬遺如棄履，毫無仁義。歷代學者惋惜晁錯，但沒有指責漢景帝，是因爲未把「文、景」區分開來，「爲尊者諱」而已。蘇軾也曾寫過《晁錯論》，他責難晁錯缺乏堅忍不拔、臨危不懼的精神，危機中只想保全自己，被殺也咎由自取。其立論雖別出心裁，但卻有顛倒黑白之錯。而李奎報此文有論有據，氣勢充沛，堅決爲晁錯抱不平。文章首先直言，雖然史書上有「文景之治」之稱，但因爲誅殺晁錯這件事，漢景帝是稱不上「明君」的。此言可謂振聾發聵，把矛頭直接指向歷來被稱爲「明君」的漢景帝。其理由首先在於，晁錯欲「削藩」乃是臣子「忠於國」的表現，而此策最終是景帝「與公卿列侯宗室雜議而後行之」，因此「咎不獨在錯」。其次，七國謀反乃是必然的事情，已經籌劃多年，誅殺晁錯，只能是「內爲袁盎復讎，外爲諸侯

〔註61〕《東國李相國全集》卷二十二，《韓國文集叢刊》第一冊，517頁。

報仇」，這樣愚蠢的事只能體現出景帝的「不明」。再次，景帝以天子之尊，卻以欺騙的手段殺晁錯，實在有失「人君」的稱呼。最後，作者還以漢文帝對待賈誼的做法與景帝對待晁錯的做法加以對比，「以譏景帝之不明，以此雪錯之深冤」。

李奎報的文章觀點對否暫且不論，我們需要關注的是其論點鮮明，論證嚴密的議論風格。這可以是一種時代的風氣，同時代的林椿、李仁老等也都是喜歡批評的文士。在這股批評之風影響之下，文學領域自然也不免受到波及。

2、「且屏萬事深論詩」——詩學評論的開端

統一新羅之後，朝鮮半島文學便有了一些簡單的詩歌批評。比如《三國遺事》云：「羅人尙鄉歌者尙矣，蓋詩頌之類歟？故往往能感動天地鬼神者非一。」〔註 62〕

這段文字有一些詩學批評的萌芽，比較簡單而樸質，只是還難以和眞正的詩論聯繫起來。此後，高麗赫連挺序《均如大師傳》云：「詩構唐辭，切磋於五言七字；歌排鄉語，磨琢於三句六名。……八九行之唐序，義廣文豐。十一首之鄉歌，詞清句麗，其爲作也，號稱『詞腦』，可期貞觀之詞。精若賦頭，堪比惠明之賦。」〔註 63〕此序寫於 1075 年，比李仁老《破閑集》要早一百多年。這段文字的詩學批評特徵就比較明顯了。

當然，這些還僅僅是零星的事例，遠遠沒有形成風氣。到了高麗君臣唱和期，以君王爲首，興起了一股品評詩文的風氣，這可以說是高麗詩歌批評規模化的開端。比如，睿宗曾「置酒與近臣論文，至曉乃罷」。〔註 64〕在君臣唱和高峰時期，也就是文宗、肅宗、睿宗時期，

〔註 62〕《三國遺事》卷五「月明師《兜率歌》」，一然著，〔韓〕權錫煥、陳蒲清注譯，嶽麓書社，2009 年，第 454 頁。

〔註 63〕轉引自〔韓〕趙鍾業《中韓日詩話比較研究》，臺灣學海出版社，1984 年，第 228 頁。

〔註 64〕《高麗史》卷 14・世家 14・睿宗：「辛未，王乘月微行，幸處士郭輿所居純福殿清心臺，置酒與近臣論文，至曉乃罷。」

君王往往既擔任著詩學裁判者的角色，又擔任著詩學批評者的角色，他們喜歡對文人的詩作加以等第評判，如：

冬十月戊申朔，宣示御製『暮秋南幸次天安府』詩，命近臣依韻和進，第其甲乙。(《高麗史》卷九・世家・文宗)

夏四月丙戌，御賞春亭，宣示御製禁亭賞花詩，令館閣近侍文臣和進，親第高下，賞絹有差。(《高麗史》卷十一・世家・肅宗)

夏四月辛巳，御紗樓，召集詞臣賦重光殿玉玫瑰花詩，分第賜絹有差。(《高麗史》卷十一・世家・肅宗)

丙申，御禁內紗樓，製牧丹詩，命儒臣應制，賜段匹有差。(《高麗史》卷十三・世家・睿宗)

己卯，御慶豐殿，召扈從文臣，命賦青郊驛獻青牛詩。直翰林院金孝純等十四人合格，賜物有差，並賜酒果。(《高麗史》卷十八・世家・毅宗)

這種等第的評判必然伴隨著詩學的點評在裏面，雖然，《高麗史》對此記載很少，但是我們依然可以找到一些線索。比如《高麗史》記載有這樣一件事：

丁丑，御紗樓，召文臣五十六人，刻燭命賦牧丹詩六韻。……時康日用以能詩鳴，王觀其作，燭將盡，日用才得一聯云：「頭白醉翁看殿後，眼明儒老倚欄邊。」袖其槁伏御溝中，王命小黃門取視，嗟賞不已，曰：「此古人所謂『白頭花鈿滿面，不如西施半妝』。」慰諭而遣之。〔註65〕

睿宗對康日用所作詩的評論，就很有中國古典詩歌批評的特質，即以一種象徵、比喻、感悟的方式，來表達對其詩作的理解、賞析和評判。感悟式批評是與中國古典詩歌的特徵密不可分的，中國古典詩歌往往「摒棄理性、超越現象、重構語言直抵宇宙、生命的形而上本質，它的博大、幽深和奇妙，使理性的批評方式與概念化的推

〔註65〕《高麗史》卷十四・世家・睿宗。

理式的批評語言蒼白無力」，因而才孕育出了感悟式批評。〔註 66〕這種詩學批評方式早已有之，但作爲中國第一部詩學批評專著，鍾嶸《詩品》無疑是最早集中使用這種方式的。清代王士禎（1634～1711）自稱「余於古人論詩，最喜鍾嶸《詩品》、嚴羽《詩話》、徐禎卿《談藝錄》」。〔註 67〕而眾所周知王士禎標舉「神韻」說，其「神韻」正是由「感悟」而引申出來。〔註 68〕

我們甚至可以猜測一下，在那個時候，鍾嶸《詩品》很可能已經成爲高麗君臣案頭必讀品。因爲高麗中期林椿曾有詩曰：「語道格峭異眾家，譏評不問癡鍾嶸。」〔註 69〕這說明，鍾嶸《詩品》在高麗中期之前就應該進入高麗了。而像《高麗史》所記載的這種點評式的詩學批評也很容易成爲後來詩話的內容。實際上，被稱爲高麗第一部詩話作品的《破閑集》就一字不差地記載著「睿宗評康日用詩」這件事。所以，我們完全可以把《高麗史》中這段文字看作是高麗最早的詩話，並把這一時期（君臣唱和期）看作是高麗漢詩批評興起的第一個階段，而其中的主角便是高麗君臣。

而進入高麗中期後，伴隨批評文化的盛行，高麗文人的詩學批評風氣更是高漲，談文論詩已經成爲文人們生活中的一項重要內容，所謂：「禮樂難輕議，文章要細論。」〔註 70〕

談文論詩，本是自古流傳下來的一件文人雅事，所以，鄭道傳說「問水一官清，論文千載事。唯有古人書，手編已就次。」〔註 71〕成石璘（1338～1423）云：「會友論文有古風」。〔註 72〕權採亦曰：「斯

〔註 66〕李震《感悟式：中國古典詩學批評啓示錄》，《西南師範大學學報》1988 年第 5 期。

〔註 67〕王士禎《漁洋詩話》卷上，見《清詩話》170 頁。

〔註 68〕楊義《感悟通論》，《社會科學戰線》，2006 年第 2 期。

〔註 69〕《西河先生集》卷二《次韻李相國見贈長句》，《韓國文集叢刊》第一冊，218 頁。

〔註 70〕《牧隱詩稿》卷十三《自詠》，《韓國文集叢刊》第四冊，136 頁。

〔註 71〕《三峰集》卷十三《無題》，《韓國文集叢刊》第五冊，521 頁。

〔註 72〕《獨谷先生集》卷下《寄呈宜寧府院君南》，《韓國文集叢刊》第六冊，95 頁。

文高會共論詩」。〔註 73〕

在如此重視文學交流的情形下，高麗文人之間的一項重要交往便是「論文」。林椿與「海左七賢」之一的吳世才友善，他把吳世才比作高麗之韓愈，並作詩贈之曰：「何時與論文，更見今韓愈。」〔註 74〕他與李仁老也是文中好友，故而當李仁老來看他時，喜不自禁：「久無好事尋揚子，忽喜論文見李生。欲葬醉鄉終不返，何人中路候淵明。」〔註 75〕李崇仁憧憬的場景是與友人「早晚共論詩」。〔註 76〕如果可以談詩論文的人離開了，這對高麗文人們來說將是一件極其悲傷的事情，所以元天錫在家兄病故後便痛苦道：「此生無復共論文，空對青山苦憶君。」〔註 77〕反之，能有機會與朋友一起論詩，則爲人生極大的樂事。金九容（1338～1384）有一次遇友人來訪，一起坐而論詩，說到佳處，則互相吟誦，喜不自禁，激動得手舞足蹈，以致連坐的床都弄翻了。他專門爲此寫了一首詩：「梯花爛熳滿園香，小雨濛濛日正長。賴有先生論好句，高吟不覺誤翻床。」〔註 78〕

李奎報作爲高麗中葉詩學大家，也是中期詩風開創者，他所期望

〔註 73〕《東文選》卷十七《碧松亭禊飲》。

〔註 74〕《西河先生集》卷一《漢陽吳賢良世才見訪，以詩謝之》，《韓國文集叢刊》第一冊，211 頁。

〔註 75〕《西河先生集》卷二《眉叟訪予於開寧，以鵝梨旨酒爲餉，作詩謝之》，同上，227 頁。

〔註 76〕《陶隱先生詩集》卷三《寄羅李二同年》，《韓國文集叢刊》第六冊，568 頁。

〔註 77〕《耘谷行錄》卷二《乙卯十一月念三，家兄病亡。道境禪翁作輓歌二章云：「平生彩繪不飾心，素質皎皎元無蹉。忍使斯人早歸去，蒼天蒼天可乃何。」又云：「天何不祐喪斯文，未識醇儒誰似君。二陸炳然揮翰墨，原城一邑獨留雲。」次其韻，以敘悲哀》，同上，158 頁。

〔註 78〕《惕若齋先生學吟集》卷上《至正二十六年三月十七日，金直長君弼、恒上人偶同來訪。鼎坐論詩，得其佳處，輒相諷詠，喜樂之至，遂與所坐床俱墜於地。二君救之不及，相與拍手。於是援筆題詩，以爲他日之笑》，同上，16 頁。

的也是「且屏萬事深論詩」。〔註 79〕他建議友人河千旦：「何如來往深論詩，老境忘懷一段喜」〔註 80〕。他還希望論文論詩能夠更深入一點，所以又說「更期促膝深論文，直到根株去枝葉」。〔註 81〕全履之是李奎報的好友，更是文學上的知己，李奎報還專門寫過《與全履之論文書》，兩人經常在一起談文論詩，對他來說，這是一種極大的精神愉悅，如他詩中所言：「話舊元無倦，論文亦頗娛。」〔註 82〕而當全履之去世時，李奎報不禁悲歎「已哉更不得覿兮，吾與誰兮論詩。豈無餘子尚可同兮，獨子之詞兮簡而能披。」〔註 83〕

自古以來，文人交往不可無酒，談文論詩更是如此，閔思平曰：「夜來枕（缺一字）謁仙廬，把酒論文興有餘。」〔註 84〕李集在《雪霽訪埜堂》中也說「飲酒論文復幾多，百年光景半消磨。」〔註 85〕李穀有一首詩寫道：「怪底開筵日，適予移病時。盡教防飲酒，唯恨阻論詩。」〔註 86〕這首詩說的是他自己的經歷：有一個宴會，他因爲生病而不能參加，不過這並不是他感到特別遺憾的，他最懊惱的是因此而失去一次與友人論詩的機會。

李穡認爲評詩論文實是自古有之的一件事，他說：「評詩自古舞文多」。〔註 87〕作爲高麗末期最傑出的詩人之一，他自然也對論詩情

〔註 79〕《東國李相國全集》卷十二《復答崔大博》，《韓國文集叢刊》第一冊，419 頁。
〔註 80〕《東國李相國後集》卷七《次韻河郎中千旦見和》，《韓國文集叢刊》第二冊，205 頁。
〔註 81〕《東國李相國後集》卷七《次韻復和李相國更和獵字韻》，同上，203 頁。
〔註 82〕《東國李相國全集》卷一《呈張侍郎自牧一百韻》，《韓國文集叢刊》第一冊，297 頁。
〔註 83〕《東國李相國全集》卷三十七《全履之哀詞》，《韓國文集叢刊》第二冊，85 頁。
〔註 84〕《及庵先生詩集》卷三《醉訪金正言，值不在，留一絕》，《韓國文集叢刊》第三冊，71 頁。
〔註 85〕《遁村雜詠》，《韓國文集叢刊》第三冊，348 頁。
〔註 86〕《稼亭先生文集》卷十五《病中承招，謝揭理問》，《韓國文集叢刊》第三冊，194 頁。
〔註 87〕《牧隱詩稿》卷十七《紀事》，《韓國文集叢刊》第四冊，213 頁。

有獨鍾，比如他寫道：「暮雲春樹費懷思，岸幘江山獨立時。乞郡來秋吾欲去，清香畫戟共論詩。」〔註 88〕他更聲稱「閒居勝事在論詩」。〔註 89〕當然，談詩論文的眞正好處只有自己知道，故而其又說：「論文如鑒別妍媸，妙處由來不可移。」〔註 90〕而其《次圓齋韻》詩曰：「尙論猶誦古人詩，咫尺相望日日思。安得少年遊秉燭，從來夜話勝尋師。」〔註 91〕在此詩中，他把論詩這種切磋詩藝的形式看做是比向老師學習更爲有用的一種方式。

李齊賢作爲麗末理學大家，其把詩與議論結合得天衣無縫。崔瀣引用朱熹評歐陽修的話盛讚李齊賢《後西征錄》「以詩言之，是第一等詩；以議論言之，是第一等議論。」〔註 92〕他說李齊賢的《後西征錄》「詞義沈玩，本乎忠義，充中遇物而發，故勢有不得不然者。其嫸言嫚語，蓋無一句。至其懷古感事，意又造微，爬著前輩癢處多矣。」〔註 93〕

此外，高麗詩人還與來自中國的使臣結下深厚的情誼，並且把談文論詩作爲雙方溝通和增進友誼的重要手段。明代文人周倬出使高麗時，住在松京宣仁館，李崇仁便與他「相與賦詠」，兩人經常「把酒賞幽芳，論文剪紅燭」。〔註 94〕而周倬也與鄭道傳相處甚歡，他評價鄭道傳的詩「爲七言者清新瀏亮，五言沉著簡古，命意立言，傑出時輩。其爲文，尤見其博於學問，議論弘達，非苟作者之所企及。」〔註 95〕李岡（1333～1368）在送元朝使者郭九疇回中國時，有「論

〔註 88〕《牧隱詩稿》卷五《寄密城李同年》，同上，10 頁。
〔註 89〕《牧隱詩稿》卷二十二《爲自責》，同上，302 頁。
〔註 90〕《牧隱詩稿》卷二十四《自詠》，同上，327 頁。
〔註 91〕《牧隱詩稿》卷十三，同上，138 頁。
〔註 92〕《拙稿千百》卷一《李益齋後西征錄序》，《韓國文集叢刊》第三冊，6 頁。
〔註 93〕同上。
〔註 94〕《陶隱先生詩集》卷一《龍江舟中有懷》，《韓國文集叢刊》第六冊，531 頁。
〔註 95〕《三峰集》卷十四《鄭三峰詩文序》，《韓國文集叢刊》第五冊，543 頁。

文恐難再」的感歎。〔註 96〕鄭誧（1309～1345）在次韻詩中也對中國使者李明叔的離去感到失落：「尊酒論文更何日，異鄉相見恐難頻。」〔註 97〕

在談文論詩風氣之下，高麗的文人們也留下了一些論詩、論文的文字。這其中，許多是感悟式的，只是零星地散落在一些詩文中。如陳澕評李奎報《杜門》詩曰：「初如蕩蕩懷春女，漸作寥寥結夏僧。如牙齒間置蜜，漸而有味。」評李由之詩云：「如咀冰嚼雪，令人心地爽然無累。」〔註 98〕這樣的文字在陳澕現有文集中並未保存下來，而是借助於後期的詩話才得以留存。但是，我們可以想見，在當時談詩論文的風尚中，類似於這樣的詩學批評一定是普遍存在的。只不過，這種零散的、感悟式批評與高麗早期君臣論詩很相似，只是穿插於文人雅集的活動中，或是文人之間的交往中，還沒有自覺的意識去把它書寫出來，並加以系統化。但是，隨著宋代詩學的引進，特別是宋代詩學著作的引進，各種宋代詩學批評形式逐漸爲高麗文人所熟知。在其影響下，專門以論詩爲主要內容的文字也開始出現在了高麗文學中。

第二節　宋代詩學與高麗漢詩批評形式

宋代之前，中國古代詩歌理論便已十分發達，先後出現了《文心雕龍》、《詩品》、《詩格》、《文鏡秘府論》等重要著作。而到了宋代，隨著批評文化的興起，詩學批評愈發興盛，詩學批評形式也越來越多樣，甚至還創制了很多新的詩歌批評樣式，比如詩話、隨筆、日記等。總的來說，選、編、注、考、點、評、論、作，是宋代詩學批評的常見形式。而與宋代詩學批評相比，高麗漢詩批評的形式以評、論爲主，具體體現爲詩話、論詩詩，以及一些專論，比如文人相互交往間的序、跋、書信等。

〔註 96〕《東文選》卷九《送郭檢校九疇還河南》。
〔註 97〕《東文選》卷十六《次韻李明叔理問見訪有詩追呈》。
〔註 98〕《補閑集》卷中，《域外詩話珍本叢書》第八冊，第 109 頁。

一、高麗漢詩批評的主要形式

1、專論

高麗文人寫有一些專門談論某個詩學問題的文章，這些文字針對性強，篇幅完整，觀點鮮明。比如李奎報《論詩說》一文：

> 予昔讀梅聖俞詩，私心竊薄之，未識古人所以號詩翁者。及今閱之，外若荼弱，中含骨鯁，眞詩中之精儁也。知梅詩然後可謂知詩者也。但古人以謝公詩『池塘生春草』爲警策，予未識佳處。徐凝瀑布詩『一條界破青山色』，則予擬其佳句，然東坡以爲惡詩。由此觀之，予輩之爲詩，其不及古人遠矣。又陶潛詩，恬淡和靜，如清廟之瑟，朱弦疏越，一唱三歎。予欲效其體，終不得其髣髴，尤可笑已。〔註 99〕

這段文字題目便標舉是「論詩」，內容相當豐富。首先涉及對梅堯臣詩歌價值的認識，「知梅詩然後可謂知詩者」的評判，揭示了高麗中期詩學追求由前期華豔轉向平淡自然的特點。其次，對梅堯臣詩歌的認知反映了詩學上的一個自然發展規律，即對平淡自然美的欣賞往往要經過一個過程，需要有成熟的心態和一定的閱歷，方能體會其佳處。所以，宋詩以「平淡」爲美實際上正是其相對唐詩而言，已經處於步入「老境」的過程有關。〔註 100〕同樣，對一個是詩人講也是如此，李奎報經歷了人生的磨練，方能領悟梅堯臣詩歌的魅力，正是這種詩學規律的體現。第三，此文又強調了陶淵明詩歌的價值，這也與其平淡的詩學追求有關。第四，此詩還揭示了一個詩學上的現象，即評詩標準難以統一的問題。評詩是一種鑒賞活動，屬於主觀的認知，並無統一的標準，因而不同的人對同一首詩可能感受是不一樣的。謝靈運的「池塘生春草」一聯，在中國歷來就有不同的評

〔註 99〕《東國李相國全集》卷二十一。

〔註 100〕張海鷗《步入老境——北宋詩的發展趨勢》，《廣州大學學報》，1990 年第 2 期。

價，有把它捧上天的，如宋人吳可說：「池塘春草一句子，驚天動地至今傳。」〔註 101〕金人元好問說：「池塘春草謝家眞，萬古千秋五字新。」〔註 102〕這一「佳句」也到處被人引用，如李白《贈從弟南平太守之遙》:「夢得池塘生春草，使我長價登樓詩。」白居易《夢行簡》:「池塘草綠無佳句，虛臥春窗夢阿憐。」梅堯臣《依韻和希深立春後祀風伯雨師畢過午橋莊》:「青郊誰駐馬，謝客思池塘。」歐陽修《曉詠》:「西堂吟思無人助，草滿池塘夢自迷。」蘇軾《昔在九江，與蘇伯固唱和……故先寄此詩》:「春草池塘惠連夢，上林鴻雁子卿歸。」王安石《寄四侄二首》之一:「春草已生無好句，阿連空復夢中來。」等等，不勝枚舉。然而，亦有對這一「佳句」並不感冒之人，如宋人李元膺便說：「予反覆觀此句，未有過人處！」〔註 103〕王若虛《滹南詩話》亦云:「謝靈運夢見惠連而得『池塘生春草』句，以爲神助。……予謂天生好語，不待主張，苟爲不然，雖百說何益？李元膺以爲反覆求之，終不見此句之佳，正與鄙意暗同。蓋謝氏之誇誕，猶存兩晉之遺風，後世惑於其言而不敢非，則宜其委曲之至是也。」〔註 104〕又說：「大抵詩話所載，不足盡信。『池塘生春草』，有何可嘉，而品題者百端不已！」〔註 105〕劉將孫《本此詩序》:「古今詩人自得語，非其自道，未必人能得之。如謝靈運『池塘生春草』，自謂夢惠連至，如有神助。然此五字本無工致，或者人亦皆能及也。」〔註 106〕此外，徐凝「一條界破青山色」之句，同樣也是仁者見仁，智者見智。由此，李奎報感到困惑，並自我檢討說：「予輩之爲詩，其不及古人遠矣」，這顯示其把中國詩評作爲標準的一種潛意識心態。

〔註 101〕《詩人玉屑》卷一引。
〔註 102〕《元好問全集》卷十一《論詩三十首》。
〔註 103〕《冷齋夜話》卷三「池塘生春草」條。
〔註 104〕《滹南詩話》卷一，《歷代詩話續編》第 507 頁。
〔註 105〕同上，第 511 頁。
〔註 106〕《養吾齋集》卷九，轉引自《文化與詩學》，童慶炳主編，世紀出版集團，2004 年，第 241 頁。

李奎報像這樣的專門性論詩文字還有許多，比如《王文公菊詩議》、《李山甫詩議》、《柳子厚文質評》、《論走筆事略言》、《論詩中微旨略言》等。

此外，高麗文人之間的書信往往也成爲他們討論詩學問題的重要形式。如林椿有《與眉叟論東坡文書》、《與皇甫若水書》、《上李學士書》，李奎報有《答全履之論文書》、《與金秀才懷英書》等重要論詩文字。

比如，林椿《與眉叟論東坡文書》提出學習蘇軾「當隨其量以就所安而已，不必牽強橫寫，失其天質」的觀點；在《上李學士書》中則就「養氣論」發表自己的見解，認爲：「文之難尚矣，而不可學而能也。蓋其至剛之氣，充乎中而溢乎貌，發乎言而不自知者爾。苟能養其氣，雖未嘗執筆以學之，文益自奇矣。養其氣者，非周覽名山大川，求天下之奇聞壯觀，則亦無以自廣胸中之志矣。」〔註 107〕在《與皇甫若水書》中提出了「凡作文，以氣爲主」的見解。在《上按部學士啓》中，他又言：「文以氣爲主，動於中而形於言，非抽黃對白以相誇，必含英咀華而後妙。歷觀前輩，能有幾人。子厚雄深，雖韓愈尚難爲敵。少陵高峭，使李白莫窺其藩。聖俞身窮而詩始工，潘閬髮白而吟益苦。賈島之病在於瘦，孟郊之語出於貧。至如以李賀孤峰絕岸之奇，施於廊廟則駭矣。雖張公輕縑素練之美，猶得江山之助焉。」〔註 108〕他還在《答同前書》中云：「僕略觀昔之窮居退處者，自放山水間。其堙鬱感憤，一寓諸文，言多怨誹矣。至如所賜詩文，皆和裕自得，眞達者之辭也。其言與志得道行者無以異焉。」〔註 109〕這些文字可以說在當時都很有見解，體現了林椿超出一般人的詩學主張。他還有一些直接具體的詩評文字，比如在《答朴仁碩書》中，他評論僧人中隱的詩「辭與理齊，誠能睹古作者閫

〔註 107〕《西河先生集》卷四，《韓國文集叢刊》第一冊，243 頁。
〔註 108〕《西河先生集》卷六，同上，268 頁。
〔註 109〕《西河先生集》卷四，同上，240 頁。

閾，非晉宋間人所可跂及者。」〔註 110〕

又如李奎報在《與金秀才懷英書》中論及「集句詩」時云：「且百家衣體，亦非古人所甚尚，唯王荊公喜爲之，但貴即席中急就者耳。迨曠日搜索古人詩集，然後爲之。」〔註 111〕在《軍中答安處士置民手書》中，他評論李白云：「太白，天人也，其語皆天仙之詞。」〔註 112〕在《與崔宗裕學論書》中，他讚揚崔宗裕的詩「辭清語警，助之以妍麗，皎然若冰壺之映月，曄然如春林之敷花。……押韻既得優閒，吐辭又復警絕，末章雜以楚詞，足以繼古體。」〔註 113〕

最後，高麗文人的一些序跋文，也包含有大量的論詩文字，有的甚至純是論詩文字。序的起源可追溯到先秦，吳訥《文章辨體序說・序》云：「序之體，始於《詩》之大序。」〔註 114〕《詩序》是序的開始，到了漢代，序文走向正規化，司馬遷《史記》有《太史公自序》，班固《漢書》有《序傳》，揚雄《法言》有《法言序》等，此後逐漸爲人所重視。至於跋，吳訥《文章辨體序說・題跋》云：「漢晉諸集，題跋不載。至唐韓柳始有讀某書及讀某文題其後之名。迨宋歐曾而後，始有跋語。」〔註 115〕可見以跋爲名始於歐陽修、曾鞏，而以歐跋爲早。歐陽修有《集古錄》，集他所珍藏的碑文眞迹，並考訂和說明每篇碑文的情況，就以「跋尾」相稱。序跋之內容很廣泛，既可以交代寫作動機和創作過程，也可以評論得失，還可以對某一問題進行討論等。郭紹虞先生認爲，題跋與筆記性質相類，能夠促進論詩風氣的流行。所以，「文人之論詩多在題跋，……而此種文體之流行，亦

〔註 110〕《西河先生集》卷四，同上，240 頁。

〔註 111〕《東國李相國全集》卷二十六，《韓國文集叢刊》第一冊，560 頁。

〔註 112〕《東國李相國全集》卷二十七，同上，570 頁。

〔註 113〕《東國李相國全集》卷二十七，同上，577 頁。

〔註 114〕羅根澤、於北山校點《文章辨體序說・文體明辨序說》，北京人民文學出版社，1962 年，第 42 頁。

〔註 115〕同上，第 45 頁。

至宋而始盛。」〔註116〕

受到宋詩學影響的高麗文人也充分利用了這種體裁來闡述自己的詩學觀點，如李奎報有《書白樂天集後》、《書司馬溫公擊甕圖後》、《書韓愈論雲龍雜說後》、《吳德全戟岩詩跋尾》、《李史館允甫詩跋尾》、《睿宗唱和集跋尾》、《全州牧新雕東坡文集跋尾》等。在《李史館允甫詩跋尾》中，他稱讚李允甫的文章「彬彬乎文采之備也。詩挾風人之體，賦含騷客之懷，其若無腸公子傳等嘲戲之作，若與退之所著毛穎下邳相較，吾未知孰先孰後也。」〔註117〕在《吳德全戟岩詩跋尾》中，他稱讚：「吳德全爲詩，遒邁勁俊，其詩之膾炙人口者，不爲不多，然未見能押強韻，儼若天成者。」〔註118〕

李穡在《栗亭先生逸稿序》中提出「文章外也，然根於心。心之發關於時，是以誦詩者，不能不有感於風雅之正變焉」的觀點〔註119〕。他還在《動安居士李公文集序》中評價李承修詩：「雖不睹其全集，其根於心著於文辭者，從可知已。」〔註120〕而李仁復（1308～1374）《及庵集跋》則言：「詩者，言之文也。言出於心而成文，豈淺之爲詩者哉。」〔註121〕崔恒《晉山世稿敘》更是明確提出：「孰謂文章外也，不根於心乎？」〔註122〕他們的觀點都與歐陽修「詩源乎心」說很一致。可以說，在高麗人手中，序跋文發揮了很好的論詩功能。

2、論詩詩

論詩詩是中國古代詩學批評的一種重要形式，也是一種非常獨特的形式。所謂「論詩詩」，顧名思義，就是以詩的形式闡述詩歌理論。

〔註116〕郭紹虞《中國文學批評史》（上卷），百花文藝出版社，1999年，第340頁。

〔註117〕《東國李相國全集》卷二十一，《韓國文集叢刊》第一冊，514頁。

〔註118〕《東國李相國全集》卷二十一，同上。

〔註119〕《牧隱文稿》卷八，《韓國文集叢刊》第五冊，64頁。

〔註120〕《動安居士集・序》，《韓國文集叢刊》第二冊，381頁。

〔註121〕《韓國文集叢刊》第三冊，48頁。

〔註122〕《太虛亭文集》卷一，《韓國文集叢刊》第九冊，193頁。

「凡討論詩作，品騭詩壇，進而晤談詩觀，述及詩人，或以自道詩心，闡說詩理之詩，皆可謂之論詩詩。」〔註 123〕

以詩論詩的形式，最早可以溯源到《詩經》，〔註 124〕如《大雅·烝民》中「吉甫作誦，穆如清風」、「其詩孔碩，其風斯好」之語等。但其作爲一種獨立的文體，則以杜甫的《戲爲六絕句》的出現爲標誌。〔註 125〕它是中國古代詩學批評從「以文論詩」到「以詩論詩」一次創造性嘗試。

在宋代之前，論詩詩只是文人偶然爲之，但至有宋一代，論詩詩的數量大量增加，歐陽修、梅堯巨、蘇軾和陸游等都有論詩詩創作。如梅堯臣《答韓三子華韓五持國韓六玉汝見贈述詩》:「因事有所激，因物興以通。自下而磨上，是之謂國風。雅章及頌篇，刺美亦道同。」〔註 126〕又《讀邵不疑學士詩卷》:「作詩無古今，唯造平淡難。」〔註 127〕蘇軾《送參寥師》:「退之論草書，萬事未嘗屏。憂愁不平氣，一寓筆所騁。頗怪浮屠人，視身如斤井。頹然寄淡泊，誰與發豪猛？細思乃不然，眞巧非幻影。欲令詩語妙，無厭空且靜。靜故了群動，空故納萬境。閱世走人間，觀身臥雲嶺。鹹酸雜眾好，中有至味永。詩法不相妨，此語更當請。」〔註 128〕陸游《題廬陵蕭彥毓秀才詩卷後二首》之二：「法不孤生自古同，癡人乃欲鏤虛空。君詩妙處吾能識，正在山程水驛中。」〔註 129〕

〔註 123〕周益忠《宋代論詩詩研究》，臺灣師範大學博士論文，1990 年，第 11 頁。

〔註 124〕郭紹虞《中國文學批評史》(上卷)，百花文藝出版社，1999 年版，第 351 頁。

〔註 125〕張伯偉《中國古代文學批評方法研究》，北京：中華書局，2002 年版，第 388 頁。

〔註 126〕《梅堯臣集編年校注》卷十六，上海古籍出版社，1980 年，336 頁。

〔註 127〕《梅堯臣集編年校注》，845 頁。

〔註 128〕《蘇軾詩集》卷十七，第 905 頁。

〔註 129〕《劍南詩稿校注》卷五十，上海古籍出版社，1985 年，3020 頁。

有些論詩詩還在標題上注明「論詩」二字，如邵雍《伊川擊壤集》有《論詩吟》，戴復古有《論詩十絕》，元好問有《論詩絕句三十首》。張伯偉說：「在論詩詩的歷史發展中，首次在題目上出現『論詩』的，則當推戴復古。稍後的史彌寧，有《評詩》一首。在北方的金元，元好問則在題目中標明自己寫的是『論詩』詩，如《論詩三十首》、《論詩三首》等，在詩的領域中正式打出『論詩』的旗號。」〔註 130〕方回在編撰《瀛奎律髓》時，專門開闢了「論詩類」，這也是宋代論詩詩興盛的顯著標誌。〔註 131〕

論詩詩是作者以自己的審美觀念、詩學標準對詩歌史或詩人、詩歌流派、作品所作的價值判斷。「與其他的論詩形式相比，論詩詩具有濃厚的情感色彩和強烈的指向性，由此而強化了其詩學批評性質。」〔註 132〕那麼，論詩詩何以受到宋代詩人的歡迎呢？周益忠先生以爲，論詩詩在宋代受到歡迎，與詩歌能直指內心有關，他說：「然有宋一代之詩文評者，詩話但附集部之驥尾，或羼小說之林中，以咨閒談耳，固難以尋繹詩家之用心。唯此論詩詩，詩家論詩說理，賞鑒品評，俱其心之所發，初或自道，繼乃爲知者言，亦即知音也。」〔註 133〕

而郭紹虞先生以爲論詩詩在宋代的興盛與宋詩的風格有關。他認爲，宋詩風格近於賦而遠於比興，長於議論而短於韻致，故極適合於文學的批評。有時可以闡說詩學的原理，有時可以敘述學詩的經歷，有時更可以上下古今，衡量前代的著作。他說：「宋詩的風氣，又偏於唱酬贈答，往返次韻，累疊不休，於是或題詠詩集，或標榜近作，或議論斷斷，或唱和霏霏，或誌一時之勝事，或溯往日之遊蹤。有此

〔註 130〕張伯偉《中國古代文學批評方法研究》，中華書局，2002 年，第 413 頁。

〔註 131〕劉松來《詩論通禪——江西宋代詩論的禪學化走向》，《創作評譚》2004 年第 2 期。

〔註 132〕張晶、劉潔《中國古代論詩詩的理論特質》，《河北學刊》2009 年第 5 期。

〔註 133〕周益忠《宋代論詩詩研究》，臺灣師範大學博士論文，1990 年，第 1 頁。

二因，則論詩詩之較多於前代固亦不足爲奇了。」〔註 134〕

論詩詩一般有廣義、狹義之分，陳伯海在《唐詩學史稿》中說：「如果將以詩論詩分爲廣義和狹義兩種，則廣義的以詩論詩就是在詩中論到有關詩的問題，而這樣的詩不一定專爲論詩而作。如杜甫的《春日憶李白》云：『白也詩無敵，飄然思不群。』《寄李十二白二十韻》云：『落筆驚風雨，詩成泣鬼神』等。狹義的以詩論詩當是用詩的形式專論詩的問題，是專爲論詩而作，也就是我們常說的論詩詩。如杜甫的《戲爲六絕句》，後世如元好問的《論詩絕句三十首》皆是。詩是唐人生活的伴侶，不可須臾離開。所以廣義的以詩論詩比比皆是，難以窮盡。狹義的論詩詩則從杜甫的《戲爲六絕句》開始，爲後世論詩詩之先聲。」〔註 135〕

受宋人影響，高麗詩人也喜歡以詩論詩，既有廣義意義上的論詩詩，亦有狹義意義上的論詩詩，其內容和形式較爲豐富。比如林椿《次韻李相國見贈長句》：

> 周詩古有三百篇，風亡雅缺誰復補由庚。後來作者競馳騖，爭欲牢籠撐抉乾坤精。紛紛徐庾誇浮豔，眞同傖父賦出可以覆醬罌。皇天不欲喪斯文，乃出賢公爲國楨。揮毫鼓吻取富貴，清朝高選先登瀛。獨鍾絕藝冠今古，文止退之書止顏眞卿。優入風騷閫域中，沈謝曹劉應減名。摩詰中朝一詞客，從來宿習由多生。……傳門學業自名家，白眉最良諸弟兄。風流不減謫仙人，飲盡千鍾頰未頳。一朝承恩入翰林，製作自與鬼神爭。若非錦繡爲五藏，又安得名章俊語開口俱天成。杜陵野叟稱老手，往往氣屈屢乞盟。玉皇召見賜顏色，清泉灑面解宿酲。虎殿龍樓侍歡宴，君臣賡載歌芩蘋。沉香亭上敕進清平新樣調，管絃交奏和

〔註 134〕郭紹虞《中國文學批評史》（上卷），百花文藝出版社，1999 年版，第 351 頁。

〔註 135〕陳伯海《唐詩學史稿》，河北人民出版社，2004 年版，第 130 頁。

春喤。興酣十幅筆一息，飄飄俊思博且宏。苑中桃杏齊開拆，不待羯鼓催打如春霆。……〔註 136〕

這首詩中涉及眾多中國詩學知識，彷彿一部簡要古典詩學史。林椿從詩學源頭《詩經》之「風雅」傳統說起，此後「風亡雅缺」，形式主義盛行，以「徐庾體」爲代表的南北朝詩人競相追逐「浮豔」詩風。中間雖有「沈（約）謝（靈運)」之「音律調韻，取高前式」〔註 137〕和「曹（植）劉（楨)」之「圖狀山川，影寫雲物」〔註 138〕，但是直到韓愈「文起八代之衰」，掀起古文運動，提倡「文以載道」「文道結合」，方才一反六朝駢儷文風。此後，唐朝詩學大盛，林椿又提到了「中朝詞客」王維、「名章俊語開口俱天成」的李白和「杜陵野叟」杜甫等。特別是李白，他尤其推崇，認爲杜甫在李白面前都要「氣屈屢乞盟」。林椿對唐代及之前中國詩學的發展脈絡以及一些代表性詩人的特點可謂是如數家珍，且俱能抓住其要害。這首詩雖不全是論詩文字，但是其論詩文字依然讓人印象深刻。

又如《賀皇甫沆及第 二首》云：

昔唐貞元間，狂瀾起縱橫。退之獨好古，大唱於後生。時有湜與翺，相共和其聲。遂使群學者，從之而變更。當今大儒首，皇甫氏弟兄。其餘盡流落，誰復爲主盟。〔註 139〕

這首詩是爲祝賀皇甫沆及第而作。詩人巧妙地借用唐代文人皇甫湜與其同姓的特點，通過誇讚皇甫湜來說明皇甫沆的文采之高。需要注意的是，林椿在詩中提及了唐代的古文運動，並且通過「狂瀾」「獨好古」「大唱」等詞語，揭示了以韓愈及其學生皇甫湜、李翺等人爲首的古文運動所取得的成績及重大意義，顯示出林椿對中國文學發展歷程的熟悉，以及詩人自己的價值傾向。

〔註 136〕《西河先生集》卷二，《韓國文集叢刊》第一冊，218 頁。
〔註 137〕沈約《宋書》卷六十七《謝靈運傳論》。
〔註 138〕劉勰《文心雕龍・比興》。
〔註 139〕《西河先生集》卷二，《韓國文集叢刊》第一冊，225 頁。

林椿論具體中國詩人的詩篇也有很多，比如：「孤雲自去青天外，萬木皆春病樹前。只爲在家靈運佛，休尋買藥長房仙。近來去眼交遊盡，唯有能詩釋皎然。」〔註 140〕此詩運用了幾個典故，如「靈運佛」當指謝靈運禮佛之事，「長房仙」則是指東漢費長房入山學仙之事。詩人用這兩個與佛、道有關的典故，來拉近與僧人覺天之間的關係，而最後則通過讚美唐代詩僧皎然「能詩」來誇讚覺天的詩作水平。

又如：「詩妙誰如杜，書奇又止顏」〔註 141〕、「太白肝腸如錦麗，陸機詞賦似珠連」〔註 142〕等，都是很直接地發表自己對中國詩人的評論觀點。

此外，林椿還以詩的形式對高麗的詩人進行評論。比如，他很欣賞皇甫若水的詩句，便用「如今忽看新詩句，大似春雲藹藹然」這樣很形象的比喻來加以讚美。〔註 143〕而在另一首評論皇甫若水的詩中，他則以「詩名迥出蘇梅右，文格須回漢魏前」來加以褒揚。〔註 144〕

吳世才是「海左七賢」之一，林椿也非常欣賞他，在詩中把他比作高麗之韓愈。詩中寫道：「大曆能文士，昌黎與皇甫。時雖少推許，同訪牛僧孺。姓字留其門，殷勤記不遇。奇章聲大振，一日傳區宇。君才似文公，學者多欣慕。念我久逃虛，惠然肯來顧。空令長者車，卻返深山路。免使世俗聞，名高亦可懼。何時與論文，更見今韓愈。」〔註 145〕這首詩中也用了一個典故，據《唐摭言》記載，韓愈和皇甫湜很欣賞牛僧孺的文才，爲了抬高牛僧孺的聲譽，兩人主動上門去拜訪他，並在他門上留下名字，使得牛僧孺一舉成名。〔註 146〕

〔註 140〕《西河先生集》卷二《次韻贈李上人覺天》，同上，218 頁。
〔註 141〕《西河先生集》卷三《次前韻奉答　二首》，同上，236 頁。
〔註 142〕《西河先生集》卷二《次韻鄭書記見贈》，同上，228 頁。
〔註 143〕《西河先生集》卷一《贈皇甫若水》，《韓國文集叢刊》第一冊，214 頁。
〔註 144〕《西河先生集》卷一《次韻贈若水》，同上，217 頁。
〔註 145〕《西河先生集》卷一《漢陽吳賢良世才見訪，以詩謝之》，同上，211 頁。
〔註 146〕《唐摭言》卷六：「韓文公、皇甫湜，貞元中名價籍甚，亦一代之

林椿其他論及高麗詩人的詩篇還有:「揚劉博見聞,李杜工綴述。唯子兼眾美,曾不愧其一。」〔註 147〕「詩家綺語定非眞,子是從前近道人。欲學尋醫除口業,也應肝肺日生塵。」〔註 148〕「曾向秋風送子行,相逢今喜識音聲。詩名早竊韓齊柳,交道重申孔遇程。莫愛孤棲參白足,應須一起爲蒼生。新篇忽得翻瀾讀,鐵點銀鈎照眼明。」〔註 149〕其實我們可以發現一個現象,那就是林椿在評論本國詩人時,往往喜歡以中國詩人作爲批評的參照物,而且是以唐代杜甫、李白、韓愈、柳宗元、皇甫湜等爲主,體現了其詩學傾向。

除了林椿,李仁老亦多有論詩詩句,如《白樂天眞呈崔太尉》云:

> 唐文渾渾世莫及,三變終爲一王法。韓公逸氣呑荀楊,詭然虎鳳謝羇雷。柳州柳子亦精敏,仿雅依騷多綴緝。二公於文俱有功,唯韓直節千仞立。是時元白亦齊驅,金舂玉應工篇什。花坊酒肆競吟諷,馬走牛童盡收拾。雷轟雖負一時譽,正如韓柳不同級。瓜上青蠅何處來,慚顏奚啻十重甲。唯公逸氣獨軒軒,雪山一朵雲間插。草堂曾占香爐峰,穿雲欲把琴書入。白頭遍賞洛陽春,遇酒便作鯨鯢吸。海山兜率足安歸,宰樹煙昏唯馬鬣。玉皇特賜醉吟號,一片翠石蛟蛇蟄。問時何人拂袖歸,八折灘頭手一執。千

龍門也。奇章公始來自江黃間,置書囊於國東門,攜所業,先詣二公卜進退。偶屬二公,從容皆謁之,各袖一軸面贄。其首篇說樂。韓始見題而掩卷問之曰:『且以拍板爲什麼?』僧孺曰:『樂句。』二公因大稱賞之。問所止,僧孺曰:『某始出山隨計,進退惟公命,故未敢入國門。』答曰:『吾子之文,不止一第,當垂名耳。』因命於客户坊僦一室而居。俟其他適,二公訪之,因大署其門曰:『韓愈、皇甫湜同訪幾官先輩,不遇。』翌日,自遺闕而下,觀者如堵,咸投刺先謁之。由是僧孺之名,大振天下。」

〔註 147〕《西河先生集》卷二《賀皇甫沆及第二首》,《韓國文集叢刊》第一冊,224 頁。

〔註 148〕《西河先生集》卷二《戲亦樂近不作詩》,同上,221 頁。

〔註 149〕《西河先生集》卷二《眉叟訪予於開寧,以鵝梨旨酒爲餉,作詩謝之》,同上,227 頁。

年遺像若生年，瓊樹森然映眉睫。遠慕相如有長卿，欲比荀鶴聞杜鴨。我非昔日黃居難，只期方寸與公合。〔註 150〕

這首詩詳細論述了唐代文學的一段歷史，首聯便提及「唐文三變」說。據《新唐書・文藝傳序》：「唐有天下三百年，文章無慮三變。高祖、太宗，大難始夷，沿江左餘風，絺句繪章，揣合低卬，故王、楊爲之伯。玄宗好經術，群臣稍厭雕琢，索理致，崇雅黜浮，氣益雄渾，則燕、許擅其宗。是時，唐興已百年，諸儒爭自名家。大曆、正元間，美才輩出，擩嚌道眞，涵泳聖涯，於是韓愈倡之，柳宗元、李翺、皇甫湜等和之，排逐百家，法度森嚴，抵轢晉、魏，上軋漢、周，唐之文完然爲一王法，此其極也。」〔註 151〕《新唐書》分三個階段對唐代文風的演變進行了描述，這三個階段分別是初唐、盛唐、中唐。不過李仁老評論的重心在中唐，所以，他論及的人物有韓愈、柳宗元、元稹、白居易等。作者認爲，「唐文三變」終由前期之形式主義歸於韓愈「文道合一」之古文，儒家道統得以重建，其文章氣勢甚至超過了荀子和楊雄，而柳宗元的文章同樣有「風騷」之傳統，韓柳二人對唐代文學的發展都有巨大的貢獻。在韓、柳文章流傳的同時，元稹、白居易等一批「新現實主義」作家又崛起於時，其「篇什」流傳於「馬走牛童」間，風靡一時。從李仁老評論的對象以及他評論的觀點，我們可以發現其詩學傾向是與宋代詩文革新以後的詩學傾向一致的，也就是崇尚「文以載道」的現實主義文風。

李仁老其它論詩詩句還有很多，如「支遁從安石，鮑昭愛惠休。自古龍象流，時與麟鳳遊。詩法不相妨，古今同一丘。」〔註 152〕「玉骨英英應上臺，冰壺皎潔點靈臺。早從閶闔排雲叫，晚向虞淵取日回。丹鳳久從池上浴，白雞爭奈夢中催。唯餘謝眺蒼苔詠，留作人間萬口雷。」〔註 153〕

〔註 150〕《東文選》卷六。
〔註 151〕《新唐書》卷二〇一・列傳第一二六。
〔註 152〕《東文選》卷四《贈四友（仿樂天）》。
〔註 153〕《東文選》卷十三《文相國克謙挽詞》。

不過，最應該提一下的是李仁老的《題東皐子眞》，其詩曰：

貌古形枯鬢亦霜，此生端合水雲鄉。若無子美編詩史，千古誰知黃四娘。〔註154〕

這首詩最後兩句點出「詩史」說，如僅就這兩句看，完全就是一首非常出色的論詩詩。當然李仁老的說法可能是來自蘇軾，蘇軾《書子美黃四娘詩》曰：「子美詩云：『黃四娘家花滿蹊，千朵萬朵壓枝低。留連戲蝶時時舞，自在嬌鶯恰恰啼』。東坡云，此詩雖不甚佳，可以見子美清狂野逸之態，故僕喜書之。昔齊魯有大臣，史失其名。黃四娘獨何人哉，而託此詩以不朽，可以使覽者一笑。」〔註155〕不管李仁老的靈感是否來自蘇軾，此詩也可以算是他最具論詩詩特色的一首。

李奎報也喜歡以詩論詩，如《次韻復和李相國更和獵字韻》：

聞公闕導喧里閭，驚起整襟纓復獵。坐定投詩神且奇，如陟泰山窺玉牒。自吾得此明月珍，連宵不寐防胠篋。求之古人誰得似，歐蘇所著乃其法。更期促膝深論文，直到根株去枝葉。〔註156〕

詩中借「歐蘇」來評價友人詩歌之豪放特色，既是讚美，又是對二人關係的一種隱喻。而最後「直到根株去枝葉」一語則可以理解爲對文章內在要求的一種重視。

又如他的《讀陶潛詩》：「至言本無文，安事雕鑿費？平和出天然，久嚼知醇味。」〔註157〕《晚望》：「李杜嘲啾後，乾坤寂寞中。江山自閒暇，片月掛長空。」〔註158〕這兩首詩都是非常優秀的論詩詩，立論明晰，觀點鮮明，可以說不亞於唐宋論詩絕句。

不過，最值得我們關注的是，李奎報還有一首以「論詩」作爲詩題的詩。《東國李相國後集》卷一有《論詩》詩曰：

〔註154〕《東文選》卷二十《題東皐子眞》。
〔註155〕《蘇軾文集》卷六十七，第2103頁。
〔註156〕《東國李相國後集》卷七，《韓國文集叢刊》第二冊，203頁。
〔註157〕《東國李相國後集》卷十四，《韓國文集叢刊》第一冊，439頁。
〔註158〕《東國李相國全集》卷一，同上，301頁。

作詩尤所難，語意得雙美。含蓄意苟深，咀嚼味愈粹。意立語不圓，澀莫行其意。就中所可後，雕刻華豔耳。華豔豈必排，頗亦費精思。攬華遺其實，所以失詩旨。邇來作者輩，不思風雅義。外飾假丹青，求中一時嗜。意本得於天，難可率爾致。自揣得之難，因之事綺靡。以此眩諸人，欲掩意所匱。此俗寖已成，斯文垂墮地。李杜不復生，誰與辨眞僞。我欲築頹基，無人助一簣。誦詩三百篇，何處補諷刺。自行亦云可，孤唱人必戲。

這首論詩詩，主要討論了「言」與「意」的關係，詩人強調「意在言先」「言意雙美」的標準，希望能夠從《詩經》中尋回「風雅」之傳統。詩人明確反對一味雕琢語言的綺靡之風，提倡「華實相資」的詩篇，可以說在當時很有現實意義。周裕鍇先生以爲，在這首詩裏，可以看到宋人論詩的痕迹。比如「作詩尤所難」兩句，即梅堯臣「詩家雖率意，而造語亦難，若意新語工，得前人所未道者，斯爲善也」;「含蓄意苟深」句，即梅堯臣「含不盡之意，見於言外」;「咀嚼味愈粹」句，即歐陽修評梅堯臣詩「近詩尤古硬，咀嚼苦難嘬。又如食橄欖，眞味久愈在」;「意立語不圓」兩句，即《王直方詩話》所謂「詩貴圓熟」之意。〔註 159〕

不過，這首詩的最大價值在於，它是目前所知高麗第一首明確以「論詩」爲題的詩篇，具有開拓性的作用。李奎報（1168～1241）與戴復古（1167～？）幾乎同時，比元好問（1190～1257）要早，因此，不可能受到此二人的影響。其受邵雍（1011～1077）影響的可能性也不大，因爲目前沒有證據證明邵雍《伊川擊壤集》在李奎報的時代已經傳入高麗。所以，以詩的形式論詩，並且題目也定爲《論詩》，這確實是李奎報在高麗詩學中的一個開創。

高麗末期的李穡則是創作論詩詩最多的一位詩人，比如他讚美友

〔註 159〕周裕鍇《試論宋代文學對高麗文學之影響》，袁行霈主編《國學研究》第十一卷，北京大學出版社，2003 年，第 263 頁。

人韓脩的詩歌有宋詩特色，便說「詩似東坡還似谷」，〔註 160〕又以「正聲不在鏗鏘外，至味當求淡泊中」〔註 161〕來提倡平淡詩風。他還在詩中對唐代詩人杜甫始終折服，推爲詩家正宗，他說：

詩章權輿舜南風，史法隱括太史公。以詩爲史繼三百，再拜杜鵑少陵翁。遺芳剩馥大雅堂，如聞異味不得嘗。如知其味欲取譬，青天白眼宗之觴。律呂之生始於黍，捨黍議律皆虛語。食芹而美是野老，盛饌那知王一舉。爲詩必也學斯人，地位懸隔山難因。圓齋肯我一句語，只學少陵無取新。〔註 162〕

這首詩對杜甫有極高的評價，認爲杜甫的詩既繼承了《詩經》的傳統，又有司馬遷的史家筆法，可稱爲眞正的「詩史」。他諄諄告誡友人鄭樞，雖然當時學詩者都喜新厭舊，喜歡追隨新的詩人，但是你只要學好杜詩，就可以有所成就，大可不必去學習其他的什麼新的詩法。

又如《即事九首》詩云：「造語駢儷逞巧，諧聲清濁含和。老我如今恍惚，喜君自少婆娑。」（其一）「平淡由來少味，清新卻是多姿。斧鑿了無痕迹，悠然採菊東籬。」（其二）〔註 163〕這兩首詩，其主題是一致的，就是推崇自然清新的詩風，而反對雕琢詞句。

再如《紀事》云：

遇興吟詩筆自隨，聲音格律兩委蛇。一星雅俗高低處，稱物持平果是誰。

評詩自古舞文多，白俗元輕被大訶。欲學杜陵廊廟器，只愁身世老奔波。

〔註 160〕《牧隱詩稿》卷十七《西鄰見招，熱困不能赴，呈韓上黨》，《韓國文集叢刊》第四冊，208 頁。

〔註 161〕《牧隱詩稿》卷十一《南窗》，同上，99 頁。

〔註 162〕《牧隱詩稿》卷之二十一《前篇意在興吾道大也不可必也，至於詩家，亦有正宗，故以少陵終焉，幸無忽》，同上，285 頁。

〔註 163〕《牧隱詩稿》卷七，《韓國文集叢刊》第四冊，39 頁。

清苦浮華是兩家，風花冰檗似恒沙。欲趨平淡成枯槁，坐到晨鐘又暮鴉。〔註164〕

第一首強調作詩要做到聲音與格律、雅與俗之間的平衡，如能做到就是佳作。第二首則涉及對唐代詩人元稹和白居易的評價，「元輕白俗」一語出自蘇軾《祭柳子玉文》，意爲前者輕佻，後者俚俗。顯然李穡並不喜歡這樣的詩風，故而他繼續轉向自己喜歡的杜甫，希望像杜甫一樣，寫出的詩篇能有補於時事。第三首則是繼續強調對平淡詩風的追求。

高麗論詩詩可以說是在宋代論詩詩影響下發展起來的，其內容有對詩人的評價，有對詩歌風格的點評，有對詩學歷史的追敘，也有對詩學現象的評論，還有對自己詩學追求的表白，內容豐富，十分全面。其既有穿插在詩篇中的零星片語，也有立論鮮明的完整詩篇；既有對中國詩學現象的論述，也有對本國詩人的點評，可以說，高麗論詩詩爲我們提供了一個很好的瞭解高麗詩學的窗口。

3、詩話

詩話是中國古代詩歌理論的主要載體，是一種區別於論評、詩式詩格、書信、句圖、評點、論詩詩及選本等體式的詩學新形式。而宋代則是詩話蔚爲大觀的時代，所謂「詩話莫盛於宋。」〔註165〕

然而詩話源於何時，說法不一。清章學誠（1738～1801）在《文史通義》「詩話」條云：

詩話之源，本於鍾嶸《詩品》。然考之經傳，如云：「爲此詩者，其知道乎？」又云：「未之思也，何遠之有？」此論詩而及事也。又如「吉甫作誦，穆如清風」「其詩孔碩，其風肆好」，此論詩而及辭也。事有是非，辭有工拙，觸類旁通，啓發實多。江河始於濫觴，後世詩話家言，雖曰本

〔註164〕《牧隱詩稿》卷十七，同上，213頁。

〔註165〕《四庫全書簡明目錄》卷二十「六一詩話」條，上海古籍出版社，1985年，第872頁。

於鍾嶸，要其流別滋繁，不可一端盡矣。〔註 166〕

清人沈濤認爲：「詩話之作起於有宋，唐以前則曰品、曰式、曰例、曰格、曰範、曰評，初不以詩話名也。」〔註 167〕考諸歷史，則詩話在漢魏時期即已有了萌芽，如《西京雜記》、《世說新語》等都有論詩的一些片言隻語。唐代則主要有《詩式》、《詩格》之作，而到了宋代才有了我們現在所說的詩話出現。歐陽修《六一詩話》乃是第一個以「詩話」命名的，故郭紹虞先生言：「詩話之稱，當始於歐陽修；詩話之體，也創自歐陽修。」〔註 168〕

對詩話第一次進行定義的是宋代的許顗，他在《彥周詩話》中曰：「詩話者，辨句法，備古今，紀盛德，錄異事，正訛誤也。」具體解釋這段話的意思，就是「由辨析句法探討詩歌創作的風格與方法，即謂『辨句法』；『備古今』等，是說記述古今的詩歌故事，包括詩人個體的思想品德，軼事趣聞，以致訂正詩歌作品流傳的訛誤。詩話包括詩法理論、詩學源流的探討、詩壇軼事的記錄、詩人評論、作品的考證與詮釋等，凡與詩歌創作有關的內容無所不談，形式極爲靈活和自由，屬隨筆性的詩論雜著。」〔註 169〕

這一形式立刻引發了許許多多的倣仿者，從而使宋代詩話出現了蔚爲大觀的盛狀。如《中國古代文學通論》所言：「寫作時或信手拈來以資閒談，或隨性而發自成片段，形式極爲靈活，成書也較爲容易，加之宋人好議論，喜談詩，故各種詩話紛紛問世，盛極一時。」〔註 170〕隨後出現的司馬光《續詩話》、劉攽《中山詩話》、陳師道《後山詩話》等，不勝枚舉。據郭紹虞《宋詩話考》，現存完整的宋人詩

〔註 166〕《文史通義》卷五・內篇五，《見《文史通義校注》，中華書局，1985 年，第 559 頁。

〔註 167〕〔清〕沈濤《匏廬詩話・自序》，叢書集成續編本。

〔註 168〕郭紹虞《宋詩話輯佚》，中華書局，1980 年，第 2 頁。

〔註 169〕傅旋琮、蔣寅《中國古代文學通論》宋代卷，遼寧人民出版社，2005 年，第 192 頁。

〔註 170〕同上，第 188 頁。

話有 42 種；部分流傳下來，或本無其書而由他人纂輯而成的有 46 種；已佚或尚有佚文而未及輯者有 50 種，合計 138 種。

歐陽修在《六一詩話》開頭表明「退居汝陰而集以資閒談」，顯示了詩話「記事」爲主的特色。通過「記事」，品評詩句，表達一些對詩歌的理論見解，這是與唐人論詩不同的地方。「唐人論詩之著多論詩格與詩法，或則摘爲句圖。」〔註 171〕歐陽修的詩話，改變了以前的論詩或重在品評、或重在格例、或重在做法、或重在本事的做法，而是兼收並蓄，細加抽繹，以隨便親切的閒談逸事的方式評敘詩歌，成爲一種論詩的新形式。郭紹虞《宋詩話考》云：「竊以爲宋人詩話之所以勝於唐人論詩之著者，由於宋人之著重在理論批評，而唐人之著則偏於法式也。重在評論，則學詩者與能詩者均可肄習；偏於法式，則祇便初學，爲舉業作敲門磚耳，不則亦僧侶學者妄立名目以欺耳，故其書多不傳。宋人論詩，非無此類之作，但不成爲主流，時人亦不重視之。」〔註 172〕

南宋後，詩話的範圍不斷擴大，除記事外，逐漸增加了考訂辯證、談論句法一類的內容，並越來越多地談論有關詩歌創作和詩歌理論問題，加強了它的理論批評性質。在後世的發展中，還因與論評、詩式、詩格等體相混，以致廣義的「詩話」幾乎成爲一切詩學專著的代名詞。

宋代詩話所表現出來的強烈的批評精神，喚起了高麗詩論家的覺醒，激發了他們探討詩歌理論的積極性。〔註 173〕如權鼈所言：「詩不可捨評而祛疵，醫不可棄方而療疾，如李益齋《稗說》、李大諫《破閒》等作。」〔註 174〕他所提到的正是現在所公認的高麗三部詩話中的兩部，即李仁老的《破閒集》和李齊賢的《櫟翁稗說》。還有一部公認的詩話作品是崔滋的《補閒集》。另外，也有把李奎報的《白雲

〔註 171〕郭紹虞《宋詩話輯佚》，中華書局 1980 年，第 2 頁。

〔註 172〕郭紹虞《宋詩話考》，中華書局，1979 年，第 67 頁。

〔註 173〕任範松等著《朝鮮古典詩話研究》，延邊大學出版社，1995 年，第 22 頁。

〔註 174〕《海東雜錄》四・本朝四・「徐居正」條。

小說》列爲高麗詩話作品之一的，不過此書實際上乃是後人從其文集中輯出相關論詩文字彙編而成，所以並不能算是高麗時期的詩話作品。

由於高麗前期的書籍幾乎不存，因此，我們現在所能見到的高麗詩話起於高麗中葉。姜希夢在《東人詩話序》中云：「吾東方詩學大盛，作者往往自成一家，備全眾體，而評者絕無聞焉，及益齋先生《櫟翁稗說》、李大諫《破閒》等編作，而東方詩學精粹，得有所考。」〔註 175〕金守溫亦曰：「吾東方自殷太師歌麥秀以來，歷三國高麗氏，至於今作者不啻數百家，其評品觀《破閒》、《稗說》諸書可知也。」〔註 176〕當代韓國學者卞鍾鉉也認爲，高麗中期以後，宋代體系化的詩話書在高麗開始形成。〔註 177〕

《破閒集》乃是李仁老所作。李仁老（1152～1220），字眉叟，初名得玉。其曾祖父李顒曾任平章事，他幼時即失去父母，由伯父撫養長大。李仁老自幼聰穎，刻苦攻讀，三墳五典、諸子百家無不涉獵。鄭仲夫作亂時，他十九歲，被迫削髮爲僧，直至五年後方才還俗。明宗十年（1180），他科舉及第，名重一時。先出任桂陽管記，後升任直史館。高宗初年，拜秘書監右諫議大夫。高宗七年卒，年六十九。李仁老以詩名於世，但因爲性情耿直，不畏權貴，始終難得重用。他與吳世才、林椿、趙通、皇甫抗、咸淳、李湛之等仿「竹林七賢」，結爲忘年友，以詩酒相娛，人稱「江左七賢」。〔註 178〕作品有《銀臺集》二十卷、《銀臺集後集》四卷、《破閒集》三卷、《雙明齋集》三卷。現在流傳下來的只有《破閒集》和收在《東文選》裏的一部分漢詩。

〔註 175〕姜希夢《私淑齋集卷》之八《東人詩話序》，《韓國文集叢刊》第 12 冊，118 頁。

〔註 176〕金守溫《拭疣集》卷二《東人詩話序》，《韓國文集叢刊》第九冊，107 頁。

〔註 177〕卞鍾鉉《高麗朝漢詩研究》，太學社，1994 年，第 41 頁。

〔註 178〕《高麗史》卷一〇二・列傳十五・李仁老。

《破閑集》乃李仁老晚年所作，其子李世黃爲《破閑集》所寫跋文稱其「遂收拾中外題詠可爲法者，編而次之爲三卷，名之曰『破閒』……集既成，未及聞於上，而不幸有微恙，卒於紅桃井第。」由此可以判斷，《破閑集》當作於1220年前。《破閑集》雖無詩話之名，但是歷來被公認爲高麗第一部詩話著作。〔註179〕

《破閑集》共三卷，上卷有二十五章，中卷二十五章，下卷三十三章，共八十三章。內容比較雜，有論詩、論文文字，也兼及文房四寶、書法、音樂、繪畫、人文地理、歷史沿革、人物掌故、風物民情、民俗風情、科舉制度、佛教禪理等。除了這些內容外，每章都記錄有一至三首詩歌，全書共載有一百六十九首唐宋詩人及高麗詩人的詩篇，其中包含三十三首李仁老自己的詩作。

《破閑集》主要內容：**一是論詩以杜甫爲宗**。認爲「自雅缺風失，詩人皆推杜子美爲獨步，豈唯立語精硬，括盡天地菁華而已。雖在一飯，未嘗忘君，毅然忠義之節。根於中而發於外，句句無非稷契口中流出，讀之足以使懦夫有立志，玲瓏其聲其質玉乎蓋是也。」（卷中）**二是重視文學的獨特價值**。認爲「天下之事，不以貴賤貧富爲之高下者，惟文章耳。蓋文章之作，如日月之麗天也，雲煙聚散於大虛也，有目者無不得睹，不可以掩蔽，是以布葛之士，有足以垂光虹霓。而趙孟之貴，其勢豈不足以富國豐家。至於文章，則蔑稱焉。由是言之，文章自有一定之價，富不爲之減。」（卷下）又曰：「蓋文章得於天性，而爵祿人之所有也。苟求之以道，則可謂易矣。然天地之於萬物也，使不得專其美。故角者去齒，翼則兩其足，名花無實，彩雲易山。至於人亦然。畀之以奇才茂藝，則革功名而不與，理則然矣。是以自孔孟荀楊，以至韓柳李杜，雖文章德譽足以聳動千古，而位不登於卿相矣。能以龍頭之高選 得躡臺衡者，實古人所謂揚州駕鶴也。」（卷下）**三是強調詩句琢煉之功**。如曰：「人之才如器皿方圓，不可以該備，

〔註179〕趙鍾業《中韓日詩話比較研究》，臺灣學海出版社 1984 年，第 36 頁。

而天下奇觀異賞，可以悅心目者甚夥。苟能才不逮意，則譬如駑蹄臨燕越千里之途，鞭策雖勤，不可以致遠。是以古之人，雖有逸才，不敢妄下手，必加煉琢之工，然後足以垂光虹蜺，輝映千古。至若旬鍛季煉，朝吟夜諷，撚鬚難安於一字，彌年只賦於三篇。手作敲推，直犯京尹，吟成大瘦，行過飯山，意盡西峰，鐘撞半夜，如此不可縷舉。」（卷上）又如：「琢句之法，唯少陵獨儘其妙。……及至蘇黃，則使事益精，逸氣橫出，琢句之妙，可以與少陵並駕。」（卷上）

《補閒集》乃是崔滋所作。崔滋（1188～1260），字樹德，初名宗裕，又名安，文憲公崔沖之後。康宗朝登第，補尚州司錄，因爲政績突出，入補國學學諭。歷任正言、尚州牧、殿中少監、寶文閣待制、忠清全羅按察使、國子大司成、知御史臺事、尚書右僕射、翰林學士承旨、樞密副使、中書平章事等。元宗元年卒，年七十三。崔滋天資淳訥，勤學不輟，善於爲文。曾經作《草歌水精杯》詩，爲李奎報所賞識。〔註 180〕著有《家集》三卷（失傳）、《補閒集》三卷。此外，見於《東文選》的詩文有若干篇。

《補閒集》原名《續破閒集》，大約成書於高宗四十一年（1254）之前。〔註 181〕其自序云：「李學士仁老略輯成篇，命曰《破閒》，晉陽公以其書未廣，命予續補。」可見其本意是爲續補《破閒集》而作。《補閒集》共分三卷，內容有歷朝典故、儒賢軼事、名人詩句、朝野逸聞，以及大量詩作和詩論等，涉及高麗文人一百四十二名，如姜邯贊、崔沖、崔惟善、李靈幹、朴寅亮、權適、鄭知常、李資諒、任克忠、蔡寶文、河千旦、吳學磷、吳世文、許洪材、崔孝著、李湛、崔夷等。有約六十八條詩評文字和二十條詩論文字。

《補閒集》主要詩學觀點有三：**一是宗經明道**。開篇崔滋即言：「文者，蹈道之門，不涉不經之語。」（《序》）又說「凡作者，當先

〔註 180〕《高麗史》一〇二卷·列傳十五·崔滋。

〔註 181〕任範松等著《朝鮮古典詩話研究》，延邊大學出版社，1995 年，第 60 頁。

審字本。凡與經史百家所用，參會商酌應筆。」(卷中) 他還認爲:「詩三百篇，非必出於聖賢之口，而仲尼皆錄爲萬世之經者，豈非以美刺之言，發其性情之眞，而感動之切，入人骨髓之深耶？然則雖芻蕘賤隸，苟其言中道，則聖人之所不敢捨，況大賢君子之所作，文義俱勝，華實相副者，獨不入於雅頌之列乎？余近得《樂天集》閱之，縱橫和裕，而無煆煉之迹，似近而遠，既華而實，詩之六義備矣。」「白詩於風雅之義，深淺異耳，其關於教化一也。」(卷中) **二是重氣主意**。崔滋認爲:「詩文以氣爲主，氣發於性，意憑於氣，言出於情，情即意也。」(卷中) 又說「文以豪邁壯逸爲氣」，並認爲:「氣尚生，語欲熟。初學之氣生，然後壯氣逸；壯氣逸，然後老氣豪。」評論詩歌時，要求「先以氣骨意格，次以辭語聲律」。(卷下) **三是用事創新**。崔滋一方面強調用事，一方面更強調創新，他說:「況詩之作，本乎比興諷喻，故必寓託奇詭，然後其氣壯，其意深，其辭顯，足似感悟人心，發揚微旨，終歸於正。若剽竊刻畫，誇耀青紅，儒者固不爲也。」(《序》)

《櫟翁稗說》爲李齊賢所作。寫於 1342 年，前集二卷，後集二卷，共四卷。前集兩卷論經史者較多，第一卷主要是對歷史的反思，第二卷是人物的逸聞軼事。後集兩卷以詩話、文談爲主，亦間有滑稽之說。第一卷記載內容包括中國和高麗歷代儒賢詩句，或加品評，或敘典故，或闡述經義，或敘高麗朝史事，雖多爲雜事，亦不失其價値。該卷多處還記載了作者在中國的見聞和感受。第二卷主要記載中國和高麗文人詩作，有鄭知常、吳世才、金仁存等高麗著名詩人，也有宋朝蘇軾等人之詩，且同時記載與所錄詩有關的軼事。後集兩卷共有五十一則，其中詩話大約有三十八則。

《櫟翁稗說》論詩主要亮點有二:**一是強調「意在言外」**。他說:「古人之詩，目前寫景，意在言外，言可盡而味不盡。」又云:「予獨愛『池塘生春草』，以爲有不傳之妙。昔嘗客於餘杭，人有種蘭盆中以相惠者，置之几案之上，方其應對賓客，酬酢事物，未覺其有香焉。夜久靜坐，明月在牖，國香觸乎鼻，觀清遠可愛而不可形於言也。予欣然獨語曰：『惠連春草之句也。』」（後集一）二是強調「自成一家」。李齊賢通過引用黃庭堅「隨人作計終後人，自成一家乃逼眞」之語，警告當時高麗詩壇上模擬蘇黃詩的人們不要以模擬剽竊爲能事，要有自己的個性。他又說：「蘇老泉有上歐公書云：『公之文，非孟子、韓子之文，歐陽子之文也。』雖詩亦然，使李杜作歐公之詩，未必似之。歐公而作李杜之詩，如優孟抵掌談笑，便可謂眞孫敖也耶！」（後集一）

二、高麗詩話與宋詩話

1、高麗詩話之溯源

以《破閒集》爲發端的高麗詩話無疑受宋詩話的影響而產生，正如韓國學者趙鍾業所說：「韓國之詩話起於高麗中葉，實蒙宋詩話之影響者也。」〔註 182〕據《四庫全書總目提要》，歐陽修於熙寧四年（1071）年創作了《六一詩話》，這是他晚年的最後作品。〔註 183〕而《破閒集》約作於 1220 年，因此，《破閒集》要比《六一詩話》晚了一百五十年左右。那麼，宋詩話又是如何影響高麗詩話的呢？蔡鎮楚先生概括爲四點：

> 首先是語言形態。朝鮮詩話一直是漢語中的文言語體，與宋人詩話的語言形式如出一轍。……其次是結構形態。朝鮮詩話像宋人詩話一樣，採用「閒談」隨筆體式論詩。每部詩話的體制結構，均由一條一條内容互不相關的論詩條目連綴而成。每一則論詩條目，一般只談論一人一事，有話則長，無話則短，長短隨宜，應變作制，富有彈性，風格平易，優游自在。詩話之體的這種別具一格的形

〔註 182〕趙鍾業《中韓日詩話比較研究》，臺灣學海出版社 1984 年，第 227 頁。

〔註 183〕《四庫全書總目提要》卷 195・集部 48・詩文評類一：「（修）蓋熙寧四年致仕以後所作，越一歲而修卒，其晚年最後之筆也。」

> 式與風格，是中國北宋時代的一代文宗歐陽修開創的。……再次是論詩對象。朝鮮詩話論詩與日本詩話一樣，具有雙重對象：一是中國詩人詩作，二是朝鮮「漢詩」及其詩人。……第四，詩學宗尚。朝鮮詩話論詩主旨和理論傾向，則往往爲中國詩壇之風尚所左右。〔註184〕

蔡鎮楚先生談的是朝鮮詩話，當然也包括高麗詩話在內，其概括也相當精確，確實揭示了兩國詩話間的相同之處。那麼，作爲高麗第一部詩話的《破閑集》究竟受哪部詩話影響而成的呢？我們可以想像，李仁老在創作《破閑集》時，肯定是要有所啓發，而啓發他創作的對象也肯定要在宋代詩話中去尋找。很多學者把追尋的源頭溯到了歐陽修《六一詩話》這裡，原因就在於他們體裁的一致，亦即蔡鎮楚先生所指出的「以『閒談』隨筆體式論詩」，這是歐陽修所開創的一個新的詩歌批評文體。

李仁老曾經解釋過「破閑」的含義，他說：「吾所謂閒者，蓋功成名遂，懸車綠野，心無外慕者。又遁迹山林，饑食困眠者。然後其閒可得而全矣。然寓目於此，則閒之全可得而破也。」〔註185〕這與歐陽修創作《六一詩話》「以資閒談也」的主旨非常相近。因此，有學者認爲，「它足以證明，李仁老的《破閑集》是效法歐陽修的《六一詩話》而創作的稗說體作品。」〔註186〕而《破閑集》的書名，也是直接從歐陽修《六一詩話》中的「以資閒談」演繹而來。有相同看法的人很多，比如認爲《破閑集》的「寓詩論於隨筆體式的閒談敘事式撰述形式，無疑秉承了歐陽修《六一詩話》以來中國詩話的『以資閒談』的風骨餘緒」，「無論體例、行文方式、遣詞造句、引經據典，乃至所作五、七言詩等，無不達到了『亂眞』的程度」。〔註187〕對此，

〔註184〕蔡鎮楚《中國詩話與朝鮮詩話》，《文學評論》，1993年第5期。
〔註185〕李世黃《破閑集跋》引。
〔註186〕金東勳《朝鮮詩話略論》，《延邊大學學報》，1996年第1期。
〔註187〕徐志嘯《韓國詩話〈破閑集〉與中國詩話的淵源》，《當代韓國》，1998年秋季號。

李岩《中韓文學關係史論》也持相同看法。〔註 188〕

但是，筆者以爲，眞正給予李仁老《破閑集》以創作靈感的是惠洪的《冷齋夜話》，而不是《六一詩話》之類的詩話作品。明確這一點，對我們弄清李仁老之創作意圖很關鍵。

首先，從命名上來看。宋代詩話幾乎都以「詩話」冠名，明確了其記事的對象乃是詩人、詩作，其所要傳達的是詩學觀點，當然中間也會穿插詩人的有關瑣事軼聞。歐陽修作爲發端者，第一個把這種新體裁命名爲《詩話》。此後，司馬光深受啓發，並覺得「《詩話》尙有遺者」，故「續書之」，命名爲《續詩話》。其後，宋詩話作品大多都是以「詩話」命名，如見於《郡齋讀書志》的劉攽《中山詩話》、陳師道《後山詩話》、王直方《歸叟詩話》以及好事者編成的《東坡詩話》；見於《直齋書錄解題》的蔡絛《西清詩話》、吳沆《環溪詩話》、曾季狸《艇齋詩話》、吳聿《觀林詩話》、許顗《許彥周詩話》、葉夢得《石林詩話》等。清何文煥《歷代詩話》及丁福保《歷代詩話續編》中未以「詩話」命名的宋代詩話也只有兩三篇。郭紹虞先生《宋詩話輯佚》中，近 140 篇宋代詩話，幾乎都以「詩話」命名，未以「詩話」命名的屈指可數。且一些未以「詩話」命名的作品在當時很可能並非是作爲詩話而存在，如《藝苑雌黃》就是當時人從嚴有翼著述中輯出論詩之語而成，而不易原稱。〔註 189〕此外，許顗對「詩話」的定義及闡釋說明當時人對詩話這種新題材的認識是淸晰的，以「詩話」命名也是一種有意識的行爲。

那麼，李仁老爲何不以「詩話」命名呢？李仁老曾經看過《歐陽修集》（見第一章第四節），那麼他一定也閱讀過《六一詩話》。上節我們分析過，他也極有可能閱讀過《古今詩話》。此外，李奎報閱讀

〔註 188〕李岩《中韓文學關係史論》，社會科學文獻出版社，2003 年，238 頁。

〔註 189〕郭紹虞《中國文學批評史》（上卷），百花文藝出版社 1999 年版，第 338 頁。

過《西清詩話》（見本章第一節），而李奎報與李仁老是有交往的，李奎報早年還曾參加過「海左七賢」的活動，且兩人之間常有詩文往來，因此李仁老沒有理由沒看過《西清詩話》。如果，《破閒集》確是受到《六一詩話》等宋詩話作品的影響，其沒有理由不以「詩話」命名。

更爲重要的是，《破閒集》中未提及任何宋詩話作品，卻獨獨在上卷第二則中就提到了惠洪的《冷齋夜話》，其文曰：「讀惠弘《冷齋夜話》，十七八皆其作也，清婉有出塵之想，恨不得見本集。」隨後他還引用了《冷齋夜話》中關於潘大臨的故事。因此，李仁老在創作《破閒集》時參考的對象很可能是《冷齋夜話》。

其二，從記事角度來看。歐陽修、司馬光、劉攽等宋詩話都以記錄他人詩作及軼事爲要，作者本身只是作爲第三者進行記述和評價，很少涉及自身的作品和事情，而《破閒集》中卻保留了李仁老本人的大量詩作。比如《破閒集》卷上共有二十五則詩話，其中二十二則記錄了李仁老自己的詩作，包括七言絕句十首，五言絕句一首，七言律詩六首，五言律詩二首，七言古詩一首，長短句一首，七言兩句一首，五言兩句一首。詩話作者在詩話中頻頻提及自己的詩作，在宋詩話中並不多見，且多遭後人批評，比如張表臣《珊瑚鉤詩話》就「好自載其詩，務表所長。」〔註190〕此外，《四庫全書總目提要》在論及明代陳霆《渚山堂詩話》「喜自載其詩」特點時，後面加了一句「如《冷齋夜話》、《珊瑚鉤詩話》之例」。〔註191〕這句話告訴我們兩點，一是喜歡「自載其詩」的詩話其實並不多見；二是惠洪《冷齋夜話》也有「自載其詩」的特點。確實，翻閱《冷齋夜話》，其中有很多惠洪自己的作品。之所以如此，可能是因爲惠洪乃「緇流中之附庸風雅者」，且「求名過急」，「欲籍人言以爲重」而已。〔註192〕

〔註190〕《四庫全書總目提要》卷一九五・集部四十八「珊瑚鉤詩話」條。

〔註191〕《四庫全書總目提要》卷一九七・集部五十・詩文評類存目「渚山堂詩話」條。

〔註192〕郭紹虞《宋詩話考》15頁。

從喜歡「自載其詩」這點來說，《破閒集》倒與《冷齋夜話》非常相似，而且，李仁老自載其詩也不無炫耀、求名，或籍人言以爲重的目的。《破閒集》卷上記載有這樣一段故事：

元宵黼座前，設縫紗燈籠，命翰林院製燈籠詩進呈，使工人用金薄剪字帖之，皆賦元宵景致。明王時，僕入侍玉堂，即制進云：「風細不教金燼落，更長漸見玉蟲生。須知一片丹心在，欲助重瞳日月明。」上大加稱賞。是後皆詠燈，自僕始。

從這段故事的最後一句，我們分明可以感受到作者的那種驕傲和自負。以此心態，在《破閒集》中大量保留其個人作品也就很正常了。

其三、**從內容構成上看**。宋詩話作者往往會借用或引用他人觀點，從而不同詩話作品之間往往會有很多相似的內容。正如《四庫全書總目提要》所言：「宋人詩話，傳者如林，大抵陳陳相因，輾轉援引。」〔註 193〕但是，李仁老《破閒集》卻幾乎沒有引用或借用《六一詩話》等宋詩話的痕迹，相反，《破閒集》中有多處詩論卻來自《冷齋夜話》。比如：

讀惠弘《冷齋夜話》，十七八皆其作也，清婉有出塵之想，恨不得見本集。近有以筠溪集示之者，大率多贈答篇，玩味之，皆不及前詩遠甚。惠弘雖奇才，亦未免瓦注也。古語云：見面不如聞名。信矣！因見潘大臨寄謝臨川一句，今爲補之：「滿城風雨近重陽，霜葉交飛菊半黃。爲有俗雰來敗意，惟將一句寄秋光。」（《破閒集》卷上）

《破閒集》所講「潘大臨」故事出自《冷齋夜話》卷四「滿城風雨近重陽」條，其文云：

黃州潘大臨工詩，多佳句，然甚貧，東坡、山谷尤喜之。臨川謝無逸以書問：「有新作否？」潘答書曰：「秋來

〔註 193〕《四庫全書總目提要》卷一九五・集部四十八・詩文評類一「浩然齋雅談」條。

景物，件件是佳句，恨爲俗氛所蔽翳。昨日閒臥，聞攪林風雨聲，欣然起，題其壁曰：『滿城風雨近重陽。』忽催租人至，遂敗意。止此一句奉寄。」聞者笑其迂闊。

又《破閒集》卷下曰：

詩家作詩多使事，謂之點鬼薄，李商隱用事險僻，號西崑體，此皆文章一病。近者蘇黄崛起 雖追尚其法，而造語益工，了無斧鑿之痕，可謂青於藍矣。

這段關於「西崑體」的記載，在《冷齋夜話》中亦有相似文字：

詩到李義山，謂之文章一厄。以其用事僻澀，時稱西崑體。然荊公晚年亦或喜之，而字字有根蒂。(《冷齋夜話》卷四「西崑體」條)

按：「西崑體」並非指李義山詩，而是指宋初以楊億、錢惟演、劉筠等人爲代表的詩作風格，名稱出自三人所編《西崑酬唱集》。最早出現「西崑體」一詞乃是在《六一詩話》中：「蓋自楊、劉唱和，《西崑集》行，後進學者爭傚之，風雅一變，謂『西崑體』。」〔註194〕顯然，惠洪《冷齋夜話》所述是不確切的。而這也很正常，因爲《冷齋夜話》在當代就被譏爲「誕妄」，比如陳善《捫虱新話》中有「《冷齋夜話》『誕妄』」條。晁公武《郡齋讀書志》也認爲其書「多誇誕，人莫之信」。〔註195〕但李仁老也誤以爲「西崑體」就是指李商隱，犯了和惠洪一樣的錯誤，則很可能是受到了《冷齋夜話》的影響。

又如《破閒集》云：

詩家作詩多使事……近者蘇黃崛起，雖追尚其法，而造語益工，了無斧鑿之痕，可謂青於藍矣。如東坡「見說騎鯨遊汗漫，憶曾捫虱話悲辛」,「永夜思家在何處，殘年知爾遠來情」，句法如造化生成，讀之者莫知用何事。山谷

〔註194〕《歷代詩話》，266頁。
〔註195〕《郡齋讀書志》卷十三。

云「語言少味無阿堵，冰雪相看只此君」，「眼看人情如格五，心知世事等朝三」，類多如此。（《破閑集》卷下）

《冷齋夜話》卷四「詩言其用不言其名」條云：

用事琢句，妙在言其用，不言其名耳。此法唯荊公、東坡、山谷三老知之。荊公曰：「含風鴨綠鱗鱗起，弄日鵝黃嫋嫋垂。」此言水柳之用，而不言水柳之名也。東坡《別子由》詩：「猶勝相逢不相識，形容變盡語音存。」此用事而不言其名也。山谷曰：「管城子無食肉相，孔方兄有絕交書。」又曰：「語言少味無阿堵，冰雪相看有此君。」又曰：「眼看人情如格五，心知世事等朝三。」

兩段話都是講用事、琢句，我們特別需要關注的是當中兩人所引用的黃庭堅詩句完全一樣。這四句詩並非出自黃庭堅同一首詩，而是從其詩集中挑選出來的，李仁老和惠洪不可能如此巧合。因此，《破閑集》這一段文字是參考了惠洪的文字，而所引黃詩也應該是轉引自《冷齋夜話》。

又如《破閑集》卷下云：

昔山谷論詩，以謂不易古人之意，而造其語，謂之換骨。規模古人之意，而形容之，謂之奪胎。此雖與夫活剝生吞者，相去如天淵，然未免剽掠潛竊以爲之工，豈所謂出新意於古人所不到者之爲妙哉。

關於黃庭堅的「奪胎換骨」說最早並非出自黃庭堅之口，而是通過惠洪轉述出來的。惠洪《冷齋夜話》卷一「換骨奪胎」條云：

山谷云：「詩意無窮，而人之才有限。以有限之才，追無窮之意，雖淵明、少陵不得工也。然不易其意而造其語，謂之換骨法；規模其意形容之，謂之奪胎法。」

對照李仁老與惠洪的文字，我們發現，《破閑集》對「奪胎換骨」的描述與《冷齋夜話》幾乎完全一致。這更不可能是巧合，只能說李仁老是轉述了惠洪的說法。

其四、從兩人的人生閱歷來看。李仁老少年時代曾經出家爲僧，其對同爲僧人的惠洪自有天然的好感，而其對惠洪的《冷齋夜話》和《筠溪集》更爲看重也是在情理之中。而且，高麗中期佛教文化盛行，李仁老又非常崇信佛法。林椿在《送李眉叟序》中寫道：「眉叟與余善，而喜釋氏，雖吾亦樂而從焉。所疑者，其好作有爲，而見釋氏之徒，則莫不合爪而加敬信焉。是豈眞能好釋氏者耶？吾嘗爲之言，而不少沮。」〔註 196〕李仁老是這樣一位佛教徒，其對寺廟生活又非常熟悉，因而《破閒集》中記載了很多釋氏的軼事，這一點與《冷齋夜話》也很相像。

從以上幾點來看，《破閒集》乃是以《冷齋夜話》作爲創作的靈感和參照是相當可信的。當然，《冷齋夜話》的體例與《破閒集》略有不同，即《冷齋夜話》每篇皆有標題。不過，《冷齋夜話》的標題很可能是後人所加，《四庫全書總目提要》針對它的標題有專門的考證，可以說明這一點：

> 又每篇皆有標題，而標題或冗沓過甚，或拙鄙不文，皆與本書不類。其最刺謬者，如「洪駒父詩話」一條，乃引洪駒父之言以正俗刻之誤，非攻洪駒父之誤也，其標題乃云《洪駒父評詩之誤》，顯相背觸。又「�亭湖廟」一條，捧牲請福者乃安世高之舟人，故神云舟有沙門，乃不俱來耶？非世高自請福也。又追敘漢時建寺乃爲秦觀作《維摩贊》緣起，非記世高事也，其標題乃云《安世高請福郱亭廟，秦少游宿此夢天女求贊》。既乖本事，且不成文。又「蘇軾寄鄧道士詩」一條，用韋應物寄全椒山中道士詩韻，乃記蘇詩，非記韋詩也，而其標題乃雲《韋蘇州寄全椒道人詩》，更全然不解文義。又惠洪本彭氏子，於彭淵材爲叔侄，故書中但稱淵材，不繫以姓，而其標題乃皆改爲劉淵材，尤爲不考。此類不可殫數，亦皆後人所妄加，非所本有也。〔註 197〕

〔註 196〕《西河先生集》卷五，《韓國文集叢刊》第一冊，251 頁。
〔註 197〕《四庫全書總目提要》卷一二〇・子部三〇・雜家類四・冷齋夜話。

2、高麗詩話與宋詩話之特徵比較

《破閒集》若以《冷齋夜話》作爲創作的靈感，那麼或許我們就可以容易理解，爲何高麗詩話與宋詩話相比，更接近於小說。

其實，要弄清楚「小說」與「詩話」之間的區別確實有點困難。尤其是早期詩話與「小說」之間的界限本來就不是很清楚。馬端臨在《文獻通考》中引用夾漈鄭氏的話說：「古今編書所不能分者五：一曰傳記，二曰雜家，三曰小說，四曰雜史，五曰故事。凡此五類之書，足相紊亂。又如文史與詩話，亦能相濫。」〔註 198〕可見，當時這幾種文體之間存在模糊的地帶。

從詩話本身來說，其產生就與小說分不開。宋代早期詩話基本是「論詩及事」，多是記事存詩，理論的成分不是很多，因此與小說十分相近。考究一下歷史，中國小說中關於詩人、詩事及對詩作賞析品評的記載，從《世說新語》等書就開始了。唐五代時期，許多軼事小說作品中都有對詩歌作品和詩人詩事的記載品評。從初唐至晚唐五代，小說中關於詩人軼事的記載逐漸增多：從早期《朝野僉載》中的零星記載，到《大唐新語》列「文章」之專章，再到《本事詩》、《雲溪友議》等「詩話體」小說的出現，小說終於引來了宋代詩話的出現。〔註 199〕

就形式而言，宋代詩話是沿襲了自《世說新語》後的軼事小說分條記述、言簡意賅而又偶有點評的特徵；就內容而言，則基本沿襲唐五代小說中存詩、記事的一些條目的特點，主要有詩壇趣事、詩人軼事、詩文故事、詩人詩作評論等，不少涉及唐五代時期的詩話甚至直接使用該時期小說中的材料。所以，詩話與小說的關係之密切，自不待言。故《四庫全書總目提要》認爲「劉攽《中山詩話》、歐陽修《六一詩話》，又體兼說部」。〔註 200〕

〔註 198〕《文獻通考》卷一百九十五・經籍考二十二。

〔註 199〕沈梅《古代小說與早期詩話關係概說》，《西南交通大學學報》2009 年第 5 期。

〔註 200〕《四庫全書總目提要》卷一九五・集部四十八・詩文評類一「序」。

詩話中不專論詩，而多記載雜事的現象，也是從歐陽修等就開始了。《四庫全書總目提要》云：『蓋詩話中兼及雜事，自劉攽、歐陽修等已然矣。」〔註 201〕

就《冷齋夜話》來說，在《郡齋讀書志》中，其與《六一詩話》等詩話作品一起被歸爲「小說類」的。到了《直齋書錄解題》中，「詩話」才與「小說」分離，《冷齋夜話》被歸到了「小說家類」，而《六一詩話》等則歸爲「文史類」。《文獻通考・經籍考》也沿用這一劃分。《四庫全書總目》中，《冷齋夜話》歸爲「雜家類」，詩話則被放入「詩文評類」。總的看來，《冷齋夜話》一直都是在「小說」一類，詩話則除了北宋尚未與「小說」分開外，此後都是劃爲「詩文評」或「文史」一類。

但是，詩話中兼及雜事現象並未消除，比如《珊瑚鉤詩話》「雖以詩話爲名，而多及他文，間涉雜事，不盡論詩之語。」〔註 202〕《詩話總龜》「多錄雜事，頗近小說」。〔註 203〕《彥周詩話》「雜以神怪夢幻，更不免體近小說。」〔註 204〕《後村詩話》「用唐詩紀事之例」，但其中也有些條目「泛及史事，皆與詩無涉，殊爲例不純」。〔註 205〕所以，宋代詩話雖然題曰「詩話」，「而論文之語乃多於詩，又頗及諧謔雜事。蓋宋人所著，往往如斯。」〔註 206〕

宋詩話中本來就存在「小說」成分，而影響高麗詩話的《冷齋夜話》更是以「小說」面目出現，因此，高麗詩話作品的最大特徵就是「雜說記事」成分較多，而相關詩學評論文字則較少。如蔡鎮楚先生所言：「注重於詩人詩句、詩壇軼事、故實傳聞的掇拾，而

〔註 201〕《四庫全書總目提要》卷一九五・集部四十八・詩文評類一「優古堂詩話」條。

〔註 202〕《四庫全書總目提要》卷一九五・集部四十八「珊瑚鉤詩話」條。

〔註 203〕《四庫全書總目提要》卷一九五・集部四十八「苕溪漁隱叢話」條。

〔註 204〕《四庫全書總目提要》卷一九五・集部四十八「彥周詩話」條。

〔註 205〕《四庫全書總目提要》卷一九五・集部四十八「後村詩話」條。

〔註 206〕《四庫全書總目提要》卷一九五・集部四十八「誠齋詩話」條。

不重在詩論。」〔註207〕

以《破閑集》爲例，《破閑集》共有八十三則文字，其中，有關作家軼事的三十三則，當中十六則軼事穿插有詩評、詩論文字。有關作品軼事的四十則，當中十六則軼事中穿插有詩評、詩論文字。也就是說《破閑集》中有七十三則詩話以「軼事」爲主，純粹詩評、詩論性質的詩話只有七則。我們可以看一些例子：

> 恒陽子眞出倅關東，夫人閔氏悍妒無比，有女隸頗姿色，勿令近之。子眞曰：「此甚易耳。」乃與邑人換牛蓄之。僕聞之，戲成一絕：「湖上鶯飛杳不還，江皐佩冷欲尋難。園桃巷柳今何在，只有欄邊黑牧丹。」然道阻，不得附郵筒。其後二十餘年，子眞新僦屋紅桃井裏，與僕連牆接巷，旦夕相從，請觀僕詩稿。以一通出示之，讀之半，有題云：「聞友人爲郡君所迫，以妾換牛。」子眞愕然，徐曰：「是誰耶？」僕笑曰：「公是已。」子眞曰：「有是哉。然閨閫間一時戲耳！雖勿嘲評可也。不如是，何以助先生萬古詩名！」閔氏先子眞死，鰥居八載猶不邇色，可謂篤行君子。（《破閑集》卷上）

這一則可以說是「詩人軼事」，記述了李仁老友人子眞的一件軼事，中間雖然有李仁老自作詩一首，但是並無品評之意，故而其 「小說」特徵很明顯。再如：

> 白學士光臣，掌貢籍，及解鏁，新牓諸生共設齋筵，祝壽祺。便謁學士於玉筍亭，設小飲，以一絕示之：「壽夭由來稟自天，不因祈禱更延年。醉眠昨夜有奇夢，知是叢誠所感然。」（《破閑集》卷下）

這一則可當做「作品軼事」來看，只是交代了一首詩創作的經過，中間並無任何品評內容。其「記錄」的性質遠遠大於「詩話」的性質。

〔註207〕蔡鎮楚《比較詩話學》，北京圖書館出版社，2006年版，第282頁。

又如：

金蘭境有寒松亭，昔四仙所遊，其徒三千各種一株，至今蒼蒼然拂雲，下有茶井。道兄戒膺國師留詩：「在昔誰家子，三千種碧松。其人骨已朽，松葉尚茸容。」和云：「千古仙遊遠，蒼蒼獨有松。但餘泉底月，彷彿想形容。」論者以爲，師組織雖工，未若前篇天趣自然。（《破閑集》卷中）

此段文字在記述作品軼事之外，增加了詩評文字：「論者以爲，師組織雖工，未若前篇天趣自然」，從而使這段文字具有了詩話的特徵。

又：

紫薇雞林壽翁，文章峻秀獨步一時，素有人倫鑒識。常出按南州到完山，見一小吏名崔鈞，鐵面嚴冷，爲人沉默木訥，有遠到器局。攜至京師養之如己子，訓以書史及綴述之規，斐然有成，詞與筆俱遒勁。及冠應舉中丙第，遊石渠入金馬，嘗謇謇匪躬，欲以循國家之急。嘗和友人詠柳詩云：「西子眉長工作黛，小蠻腰細不勝嬌」。又「未開牡丹倚牆窺，宋玉隔壁挑相如」。詞語流麗皆此類。（《破閑集》卷下）

這一則文字則是作家軼事與詩評文字的結合，雖然詩評文字只有短短的四個字「詞語流麗」，但是還是接近於詩話特徵的。

而下面兩段文字，則可以完全當做「小說」來看了：

昌華公李子淵，杖節南朝登潤州甘露寺，愛湖山勝致，謂從行三老曰：「爾宜審視山川樓觀形勢，具載胸臆間，毋失毫毛。」舟師曰：「謹聞命矣。」及還朝，與三老約曰：「夫天地間凡有形者，無不相似，是以湘濱有九山相似，行者疑焉。河流九曲，而南海亦有九折灣。由是觀之，山形水勢之相賦也，如人面目，雖千殊萬異，其中必有相彷彿者。況我東國去蓬萊山不遠，山川清秀甲於中朝萬萬，則其形勝豈無與京口相近者乎？汝宜以扁舟短棹，泛泛然與鳧雁相浮沉，無幽不至無遠不尋，爲我相收當以十年爲期，愼無欲速焉。」三老曰：「唯。」凡六涉寒暑，始得之於京城西湖邊。走報公曰：「既得之矣，三飧可返，冀煩王趾一往觀焉。」遂相與登臨之，喜見眉鬚曰：「且南朝甘露寺，雖奇麗無比，然但營構繪飾之工，特勝耳。至於天生地作自然之勢，與此相去眞九牛之一毛也。」即捐金帛庀材瓦，凡樓閣池臺之制度，一仿中朝甘露寺。及斷手用題其額亦曰甘露，指畫經營既得宜，萬象不鞭而自至。後詩僧惠素唱之，而金侍中富軾斷之，聞者皆和幾千餘篇，遂成鉅集。(《破閒集》卷中)

智異山或名頭留，始自北朝白頭山而起。花峰萼谷綿綿聯聯，至帶方郡，蟠結數千里，環而居者十餘州，歷旬月可窮其際畔。古老相傳云：其間有青鶴洞，路甚狹，才通人行，俯伏經數里許，乃得虛曠之境。四隅皆良田沃壤，宜播植。唯青鶴棲息其中，故以名焉。蓋古之遁世者所居，頹垣壞塹猶在荊棘之墟。昔僕與堂兄崔相國，有拂衣長往之意，乃相約尋此洞，將以竹籠盛牛犢兩三以入，則可以與世俗不相聞矣。遂自華嚴寺至花開縣，便宿神興寺，所過無非仙境，千岩競秀，萬壑爭流，竹籬茅舍，桃杏掩映，殆非人間世也。而所謂青鶴洞者，卒不得尋焉。因留詩岩石云：「頭留山迥暮雲低，萬壑千岩似會稽。策杖欲尋青鶴洞，隔林空聽白猿啼。樓臺縹緲三山遠，苔蘚微茫四字題。試問仙源何處是，落花流水使人迷。」昨在書樓偶閱五柳先生集，有桃源記，反覆視之，蓋秦人厭亂，攜妻子覓幽深險僻之境，山回水復樵蘇所不可得到者以居之。及晉太元中，漁者幸一至，輒忘其途不得復尋耳。後世丹青以圖之，歌詠以傳之，莫不以桃源爲仙界，羽車飆輪長生久視

> 者所都。蓋讀其記未熟耳，實與青鶴洞無異，安得有高尚之士如劉子驥者，一往尋焉。(《破閑集》卷上)

上述兩段文字完全與詩話沒有關係，純粹是記事而已。第一則除了最後兩句勉強可與「詩」有聯繫外，其他大部分內容是記述高麗甘露寺的建造經過而已。第二則記載了有關「青鶴洞」的傳說，這種「小說」性質的記述文字正體現了高麗詩話的「稗說體」特徵。

《破閑集》的「小說」特徵，對後面的模仿者影響很大，其後出現的《補閑集》和《櫟翁稗說》無一例外都以「稗說體」呈現。而由時人粹集而成的李奎報《白雲小說》更是直接標舉「小說」之名。

《補閑集》，原名《續破閑集》，其記事風格與《破閑集》如出一轍。特別是《補閑集》卷三，大部分都與「詩」無關，而主要記述雜事。崔滋《補閑集序》曰：「得近體詩若干聯，或至於浮屠兒女輩，有一二事可以資於談笑者，雖詩不佳並錄之。共成一部，分爲三卷，名之曰續破閑。又得李中書藏用家藏鄭中丞敘所撰雜書三卷，並附於後編，以俟通儒刪補。」《補閑集》中文字涉及「浮屠兒女輩」，並且還把鄭敘的「雜書三卷」，附於後編，說明其並非是以撰寫詩話爲目的，而是爲了呈現一部供人消遣的「小說」而已。

李齊賢《櫟翁稗說．前集序》亦提及其創作的一些情況：

> 至正壬午，夏雨連月，杜門無跫音，悶不可祛，持硯承簷溜，聯友朋往還折簡，遇所記書諸紙背，題其端曰：「櫟翁稗說」。夫櫟之從樂聲也，然以不材遠害，在木爲可樂，所以從樂也。予嘗從大夫之後，自免以養拙，因號櫟翁，庶幾其不材而能壽也。稗之從卑亦聲也，以義觀之，稗禾之卑者也。余少知讀書，壯而廢其學，今老矣。顧喜爲駁雜之文，無實而可卑，猶之稗也。故名其所錄爲稗說云。

李齊賢把《櫟翁稗說》定位爲「駁雜之文」，可見其意主要亦不在論詩。確實，如前所講，《棟翁稗說》前集一、二卷主要是對史實、經籍的考證和高麗的習俗、政事逸話、人物言行、外交活動、文化交流等內容，後集一、二卷才是與詩歌有關的品評。作者把這些內容混雜在一起，並命名爲《櫟翁稗說》，也說明其創作目的並不在於完成一部「詩話」作品。朝鮮十八世紀詩話作家洪萬宗在《詩話叢林凡例》中說：「如《櫟翁稗說》、《於於野談》等十餘書，乃記事之書，而間有詩話，故今只拈出詩話，別作一編，以備吟玩。」〔註 208〕從這段文字可以看出，即使在洪萬宗看來，《櫟翁稗說》也不是一本詩話著作，而只是記事之書。所以，他還要從中專門把與詩話有關的文字輯取出類，編入《詩話叢林》中。朝鮮半島眞正擯棄「小說特性」，而專以論詩爲主的詩話作品，要到朝鮮李朝初期徐居正的《東人詩話》的出現。

3、高麗詩話之創作意圖

首先是「遣閒」。從創作意圖上來看，《破閒集》、《補閒集》、《櫟翁稗說》與《六一詩話》、《續詩話》等宋代早期詩話確實有共通的地方。《六一詩話序》曰：「居士退居汝陰而集，以資閒談。」很顯然，此書是歐陽修平時與詩友宴飮唱和之際，所「集」文人軼事、緒言餘論等，其輯成一書的目的是提供「閒談」的材料。

而李仁老《破閒集》題目直接名爲「破閒」，其所破之「閒」又是什麼呢？李仁老曰：「吾所謂閒者，蓋功成名遂，懸車綠野，心無外慕者。又遁迹山林，饑食困眠者。然後其閒可得而全矣。然寓目於此，則閒之全可得而破也。」〔註 209〕可見，他撰寫《破閒集》的目的與歐陽修大致相同，乃是供人茶餘飯後，消遣閒談也。

此外，崔滋《補閒集》原名爲《續破閒集》，在序中，崔滋寫道：「晉陽公以其書未廣，命予續補。強拾廢忘之餘，得近體若干聯，或至於浮屠兒女輩，有一二事可以資於談笑者，其詩雖不嘉，並錄之。」其卷上第一篇又曰：「此書欲集瑣言爲遣閒耳，非撰盛典也。」〔註 210〕

〔註 208〕《域外詩話珍本叢書》第十一冊，第 7 頁。
〔註 209〕《破閒集跋》引。
〔註 210〕《補閒集序》，《域外詩話珍本叢書》第八冊，59 頁。

卷下第一篇亦云：「彼雄深奇妙、古雅宏遠之句，必反覆詳閱，久而後得味，故學者不悅。如工部詩之類也。今所集若干聯，皆一見即悅之語，可以資補閒。」〔註211〕卷下第四十九則又寫道：「今此書，非敢以文章增廣國華，又非撰錄盛朝遺事。故集雕篆之餘，以資笑語，故於末篇，記數段淫怪事，欲使新進苦學者，遊焉息焉。」〔註212〕「以資笑語」、「以資補閒」、「資於談笑」，《補閒集》的這些特點表明其與《破閒集》撰寫目的並無二致。

再看《櫟翁稗說》後集序云：「此錄也，本以驅除閒悶，信筆而爲之者，何怪夫其有戲論也。夫子以博弈者，爲賢於無所用心，雕篆章句比諸博弈，不猶愈乎？且不如是，不名爲『稗說』也。」則李齊賢撰寫《櫟翁稗說》之目的亦在於「驅除閒悶」而已。

三部高麗詩話都把「驅除閒悶」作爲其寫作的目的，則可見其在人們心目中之地位。而高麗五百年，只有三部所謂的「詩話」，則或許與這種「稗說體」文字在人們心目中的地位有關。

其次是「保存」，也就是高麗詩話起著保存詩歌資料的重要功能。《破閒集跋》引李仁老語曰：「麗水之濱，必有良金。荊山之下，豈無美玉。我本朝境接蓬瀛，自古號爲神仙之國，其鍾靈毓秀，間生五百。現美於中國者，崔學士孤雲唱之於前，朴參政寅亮和之於後，而名儒韻釋，工於題詠，聲馳異域者，代有之矣。如吾輩等，苟不收錄，傳於後世，則湮沒不傳，決無疑矣。遂收拾中外題詠可爲法者，編而次之，爲三卷，名之曰破閒。」〔註213〕

李仁老認爲，高麗「名儒韻釋，工於題詠，聲馳異域者，代有之矣」，但是，能以文集流傳的很少，大部分詩篇「苟不收錄，則湮沒不傳」。因此，他撰寫《破閒集》的一個重要動機就是保存高麗詩人的詩作。《破閒集》上卷共載有五十七首詩，中卷載有五十三首詩，

〔註211〕《補閒集》卷下，《域外詩話珍本叢書》第八冊，130頁。
〔註212〕《補閒集》卷下，《域外詩話珍本叢書》第八冊，163頁。
〔註213〕《域外詩話珍本叢書》第八冊，53頁。

下卷載有五十七首詩，整部書總共收錄了一百六十七首詩文，如果加上跋文中李仁老的兩首自作詩，一共是一百六十九首。大部分是朝鮮半島自崔致遠以來的詩人詩句，也有一些中國知名詩人的詩句。統計下來看，中國知名詩人共十人，朝鮮半島知名詩人六十人，中國不知名詩人五人，朝鮮半島不知名詩人八人，總計八十三人。

中國知名詩人及其詩作篇數主要有：

唐代：杜甫（三首）、白居易（一首）、李紳（一首）、顧雲（一首）

五代：裴皥（一首）

宋代：蘇東坡（二首）、黃山谷（一首）、歐陽修（一首）、胡宗旦（一首）

遼代：孟初（一首）

朝鮮半島詩人除了崔致遠是新羅時代詩人外，其他大多都是高麗前期詩人。除去李仁老自己的 33 首詩之外，收錄詩篇最多的知名詩人依次是：林椿（五首）、鄭知常（五首）、李之氐（五首）、郭輿（四首）、金黃元（四首）、金富儀（四首）、金莘尹（三首）、黃彬然（三首）、康日用（二首）、金緣（二首）、郭東珣（二首）、鄭襲明（二首）。

在這些李仁老存錄詩篇最多的詩人中，除了林椿有文集《西河集》傳世外，其他人俱無文集流傳，其詩作幸賴《破閒集》得以保存一部分。

崔滋《補閒集序》曰：「我本朝以人文化成，賢雋間出，讚揚風化。光宗顯德五年，始闢春闈，舉賢良文學之士，玄鶴來儀。……金石間作，星月交輝。漢文唐詩，於斯爲盛。然而古今諸名賢編成文集者，唯止七八家。自餘名章秀句，皆堙沒無聞。李學士仁老，略集成編，名曰破閒。今晉陽公以其書未廣，命予續補。強拾廢忘之餘，得近體詩若干聯。或至於浮屠兒女輩，有一二事可以資於談笑者，雖詩不佳並錄之。」

在這篇序文裏，崔滋把他的創作原委說得很明白，那就是擔心先儒名賢的「名章秀句，皆湮沒無聞」，所以他是繼承李仁老的事業，續補其書，把更多人的詩作搜集保存下來。

至於李齊賢的《櫟翁稗說》，李朝學者曹偉（1454～1503）云：「益齋李文忠公著《櫟翁稗說》，雖間有滑稽之言，而祖宗世系，朝廷典故，多所記載而辯證焉，實當時之遺史也。」〔註 214〕李齊賢雖然在詩歌的保存方面沒有前面兩部作品做得好，但是，既稱其爲「遺史」，則其記載、保存的作用依然還是很突出的。

最後是「學習」，這三部詩話都把「供後世之學」作爲一個重要撰寫目的。如《破閑集跋》交代李仁老寫作《破閑集》時，「收拾中外題詠可爲法者，編而次之，爲三卷，名之曰破閑。」「可爲法」表明了其意圖和要求，即希望所記載詩文能供後人取法，成爲學習的對象。崔滋二十四世孫崔寅植在《補閑集跋》中亦談及其撰寫目的：「此不惟廣布一時，爲可學之資，亦足以乘統後世，爲可繼之道也。」「爲可學之資」表明《補閑集》與《破閑集》一樣，期望通過搜集前人的詩作，爲後人提供學習的對象。

《破閑集》跋文由李仁老的兒子李世黃所撰，其言可信度較高。而《補閑集》跋文由其二十四世孫所寫，其觀點是否能代表崔滋呢？我們看《補閑集》中的一段文字：

> 金蘭叢石亭，山人慧素作記，文烈公戲之曰：「此師欲作律詩耶。」星山公館有一使客留題十韻，詞繁意曲。郭東珣見之曰：「此記也，非詩也。非特詩與文各異，於一詩文中亦各有體。」古人云：「學詩者對律句體子美，樂章體太白，古詩體韓蘇，若文詞，則各體皆備，於韓文熟讀深思，可得其體。」雖然李杜古詩不下韓蘇，而所云如此者，欲使後進泛學諸家體耳。（《補閑集》卷上）

在這一段文字中，我們要關注的是崔滋最後的評語，從此評語可知他

〔註 214〕《梅溪先生文集》卷四《筆苑雜記序》，《韓國文集叢刊》第 16 冊，338 頁。

是鼓吹「後進泛學諸家體」之人。且崔滋本人曾做過國子監大司成，則教育後進乃是其天然的本性。那麼，他在撰寫《補閑集》時，把教育後進作爲其主要意圖也是完全可以理解的。

第三節　宋代詩學與高麗漢詩批評內容

宋代詩學中有很多話語被直接借用於高麗詩論，這些被借用詩學話語又最終成爲高麗詩論的一部分，從而使高麗詩論與宋代詩論不僅思維方式相同、評判結構相通，而且審美志趣也一致起來。本章選取了幾個較有代表性的宋代詩學命題，探討其在高麗詩學中被接受的具體情況，從而瞭解宋代詩學觀念是如何影響於高麗漢詩批評內容的。

一、詩窮而後工

「詩窮而後工」是中國古代文學批評史上一個非常重要的命題，最先明確提出這一理論的是宋代的歐陽修。歐陽修在《梅聖俞詩集序》中云：「予聞世謂詩人少達而多窮。夫豈然哉？蓋世所傳詩者，多出於古窮人之辭也。凡士之蘊其所有，而不得施於世者，多喜自放於山巔水涯之外，見蟲魚草木風雲鳥獸之狀類，往往探其奇怪，內有憂思感憤之鬱積，其興於怨刺，以道羈臣寡婦之所歎，而寫人情之難言，蓋愈窮則愈工。然則非詩之能窮人，殆窮者而後工也。」〔註 215〕

「詩窮而後工」命題有其理論淵源，其源頭最早可以追溯到《周易》。〔註 216〕不過，其直接的來源一般認爲是司馬遷的「發憤著書」說和韓愈「不平則鳴」等前人觀點。比如，韓愈在《送孟東野序》中就表明，好的文學作品產生於「不平」的思想感情，而這種「不平」

〔註 215〕《居士集》卷四十二，《歐陽修全集》，北京：中國書店，1986 年，第 295 頁。

〔註 216〕桂棲鵬、張學成《「窮而後工」述論》，《浙江師範大學學報》，2002 年第 6 期。

的思想感情又是產生於不公平的生活遭遇。這與歐陽修的觀點有著內在的聯繫。

自歐陽修提出此觀點後，在宋代便受到了眾多詩評家的贊同。王安石云：「詩人況又多窮愁，李杜亦不為公侯。」〔註 217〕蘇軾云：「詩人例窮蹇，秀句出寒餓。」〔註 218〕「詩人例窮苦，天意遣奔逃。」〔註 219〕陳師道曰：「聖俞以詩名家，仕不前人，年不後人，可謂窮矣。」〔註 220〕

在宋代，「詩窮而後工」逐漸脫離歐陽修最初的語境，而成為一種帶有普遍意義的文學批評，也成了勸慰政治上不得意之人的常用的措辭。〔註 221〕比如王安石云：「高位紛紛誰得志，窮途往往始能文。」〔註 222〕蘇軾曰：「秀語出寒餓，身窮詩乃亨。」〔註 223〕又曰：「非詩能窮人，窮者詩乃工。此語信不妄，吾聞諸醉翁。」〔註 224〕張耒《送秦觀從蘇杭州為學序》云：「世之文章多出於窮人，故後之為文者，喜為窮人之詞。秦子無憂而為憂者之詞，殆出此耶？」〔註 225〕賀鑄也說：「詩豈窮人窮者工，斯言聞諸六一翁。」〔註 226〕陳師道在評價王安國的文學成就時亦云：「其窮甚矣，而文義蔚然，又能於詩。惟其窮愈甚，故其得愈多，信所謂人窮而後工也。」〔註 227〕

〔註 217〕《臨川先生文集》卷九《哭梅聖俞》，中華書局，1959 年，第 151 頁。
〔註 218〕《蘇軾詩集》卷四《病中，大雪數日，未嘗起觀，虢令趙薦以詩相屬，戲用其韻答之》，第 158 頁。
〔註 219〕《蘇軾詩集》卷六《次韻張安道讀杜詩》，第 265 頁。
〔註 220〕《後山先生集》卷十三《王平甫文集後序》，適園叢書本，張騫彙刻。
〔註 221〕鞏本棟《「詩窮而後工」的歷史考察》，《中山大學學報》，2008 年第 4 期。
〔註 222〕《臨川先生文集》卷二十四《次韻子履遠寄之作》，第 281 頁。
〔註 223〕《蘇軾詩集》卷三十三《次韻仲殊雪中游西湖二首》其一，第 1750 頁。
〔註 224〕《蘇軾詩集》卷十二《僧惠勤初罷僧職》，第 576 頁。
〔註 225〕李逸安、孫通海、傅信點校《張耒集》，北京：中華書局，1990 年版，卷四十八，第 752 頁。
〔註 226〕賀鑄《題詩卷後》，見《全宋詩》卷 1110，第 19 冊，第 12594 頁。
〔註 227〕《後山先生集》卷十三《王平甫文集後序》。

那麼，如何理解「詩窮而後工」在文學上的意義呢？在歐陽修這裡，他將作家的生活境遇、情感狀態直接與詩歌創作自身的特點聯繫起來。作家在遭遇艱難困苦處境後，往往使他們能夠有更多的機會去接觸社會，瞭解生活，並去深入地觀察事物。當他們對社會、生活、人生有了深刻的體悟後，就能創作出感人至深，並能流傳久遠的作品。這正是歐陽修所謂的「愈窮則愈工」、「窮者而後工」。

對「詩窮而後工」命題中「窮」的理解，也有兩種：一是物質上的，一是精神上的。從物質角度來說，終身貧困或者先達後窮，都可能促使作者與社會、生活有更深入的接觸，能感受到很多別人所無法感受的東西，從而創作出打動人心的現實作品。而從主觀精神來說，作家或許並不貧困，但是其追求無法實現，也會造成其精神上的痛苦，而其鬱積的情感，陸游認爲對創作出優秀的作品是必要的，他說：「蓋人之情，悲憤積於中而無言，始發爲詩。不然，無詩矣。」〔註 228〕同時，失落的人生也更容易促使詩人去思考，這對其創作出深刻的作品也是至關重要的。黃徹《䂬溪詩話》曰：「憂勞者易生於善慮，安樂者多失於不思。」〔註 229〕可見，相對「窮」的環境更易於讓人，特別是文人們去對社會、人生作更深入的思考。

故童慶炳先生亦認爲：「『詩人』之『窮』，在一定意義上，正是詩人之『富』，正是在『窮』中，詩人蓄積了最爲深刻、飽滿、獨特的情感，正是這種帶著眼淚的情感，以一種強大的力量把詩人推上了創作之路。」〔註 230〕

或許，歐陽修在《薛簡肅公文集序》中的話正是對「詩窮而後工」的最好注解：「至於失志之人，窮居隱約，苦心危慮，而極於精思，與其有所感激發憤，惟無所施於世者，皆一寓於文辭。故曰：窮者之

〔註 228〕《渭南文集》卷十六《澹齋居士詩序》，見《陸遊集》，孔凡禮點校，中華書局，1976 年，第 2110 頁。

〔註 229〕《䂬溪詩話》卷九，《歷代詩話續編》第 389 頁。

〔註 230〕童慶炳《中國古代心理詩學與美學》，北京：中華書局，1992 年版，第 33 頁。

言易工也。」〔註231〕

「詩窮而後工」之所以會在宋代被提出，與宋人的理論自覺有關。當時，對文學規律的探索與研究成為很多作家或者批評家的自覺行為。而此觀點能在宋代產生很大的反響，首先是因為「詩窮而後工」的觀念是「文以載道」的文學觀在詩學領域內的一種反映，這與宋代詩文革新運動的精神是契合的。同時，「詩窮而後工」的觀點也是北宋中期文人多遭苦難的生活寫照。所以，「詩窮而後工」的文學觀念受到宋代文人的集中推崇並不是偶然的。「它不僅是時代精神與作家個人際遇互相激蕩的產物，也是宋人心理偏於理性、冷靜思考的產物，更是對宋以前文學史發展演變規律以及自身創作經歷總結的產物。」〔註232〕

如果說，「詩窮而後工」詩論在宋代得以產生並且廣受推崇與宋代特有的時代氛圍有關，那麼，「詩窮而後工」命題被高麗詩學所接受，同樣與高麗特定的時代環境有關。

在高麗，最早有意識「引進」這個詩學命題的當是林椿。其在《上按部學士啓》中說：「子厚雄深，雖韓愈尚難為敵。少陵高峭，使李白莫窺其藩。聖俞身窮而詩始工，潘郎鬢白而吟益苦。賈島之病在於瘦，孟郊之語出於貧。」〔註233〕

林椿率先提及歐陽修「聖俞身窮而詩始工」這個觀點，並不偶然，因為他對這個命題有著切身的體會，並且以此激勵著自己。

高麗中期，從毅宗朝發生的「鄭仲夫之亂」（1170）開始，高麗文人經歷了一個世紀之久的厄運。「鄭亂」的實質，是武臣取代文人掌控政權。他們在毅宗二十四年（1170）和明宗三年（1173）先後兩次大肆屠殺文人，「凡文臣一切誅戮」，當時文人幾乎被屠殺殆盡。這

〔註231〕《居士集》卷四十四，見《歐陽修全集》，第305頁。

〔註232〕滕春紅《「詩窮而後工」的文化成因與晁補之的新解讀》，《唐都學刊》，2007年第3期。

〔註233〕《西河先生集》卷六《上按部學士啓》，《韓國文集叢刊》第一冊，268頁。

場變亂給很多文人的生活帶來了極大的改變，林椿正是其中之一。《高麗史》中對林椿僅有簡單的文字介紹：「椿，字耆之，西河人，以文章鳴世，屢舉不第。鄭仲夫之亂，闔門遭禍，椿脫身僅免，卒窮夭。」〔註 234〕但是，這短短文字中我們已經可以看出其悲慘之命運。李奎報也曾提及他的不幸遭遇，說：「近世有詩人林椿者，恃才傲物，竟不登一第，至窮餓而死。」〔註 235〕

林椿本是有顯赫的家世的。其祖父仲幹，官居近侍，伯父林宗庇是當時聲望極高的文人。但「鄭仲夫之亂」後，他一家人全部罹禍。他自己帶著家小避禍江南，生活極度窮困，最困難的時候甚至要靠山寺僧人的接濟和朋友的幫助過日子。他曾在詩中描述自己的慘境曰：「平生嗜酒喜吟詩，不患舉家唯食粥。到骨窮寒幾欲死，豐年之食貴於玉。」〔註 236〕

李仁老也在《破閑集》記載有相似的故事：「耆之避地江南幾十餘載，攜病妻還京師，無託錐之地。偶遊一蕭寺，岸幅巾兀坐長嘯。僧問：『君是何人，放傲如是？』(椿）即書二十八字：『早把文章動帝京，乾坤一介老書生。如今始覺空門味，滿院無人識姓名。』」〔註 237〕

林椿的不幸身世，貧困的生活，再加上不公正的科試制度和勢利小人的排斥，讓他無法進入仕途。李仁老在《西河先生集序》中說他：「屢舉不得第，及毅王末年，闔門遭禍，一身僅脫，避地於江之南。累歲還京師，收合餘燼，思欲雪三奔之恥，卒不就一名。」林椿在《次友人韻》中也憤激難當云：「十載崎嶇面撲埃，問津路遠槎難到，科第未消羅隱恨，襄陽自是無知己，長遭造物小兒猜。燒藥功遲鼎不開。離騷空寄屈平哀。明主何曾棄不才。」〔註 238〕

〔註 234〕《高麗史》一〇二卷・列傳十五・李仁老。

〔註 235〕《東國李相國全集》卷二十六《上閔上侍湜書》，《韓國文集叢刊》第一冊，562 頁。

〔註 236〕《西河先生集》卷三《謝了惠首座惠糧》，同上，233 頁。

〔註 237〕《破閑集》卷下，《域外詩話珍本叢書》第八冊，47 頁。

〔註 238〕《東文選》卷三。

悲憤的心情讓林椿對自己的人生不得不進行深入的思考，在給好友趙通的信中，他寫道：「自古賢人才士例多窮厄矣，而無有如僕者。子美之流落，韓愈之幼孤，摯虞之饑困，馮唐之無時，羅隱之不第，長卿之多病，古人特犯其一，而亦已爲不幸人。僕今皆犯之，豈不悲哉。」〔註 239〕

他常把杜甫、孟郊等詩人作爲自比的對象，強調彼此共同的處境，那就是貧困：「東野居貧傢具少，自笑借車無可載。杜陵身窮更遭亂，未免負薪常自採。我今無田食破硯，平生唯以筆爲耒。」窮厄卻又難以改變的命運讓他不得不哀歎：「自古吾曹例困厄，天公此意眞難會。」〔註 240〕

正是在這樣的情境下，梅堯臣給他帶來了新的力量。他從孟郊等人身上看到的是痛苦，但是從梅堯臣等「詩窮而後工」的詩人身上看到的卻是可以激勵自己的動力。在《書懷》中他寫道：「詩人自古以詩窮，顧我爲詩亦未工。」雖然，他是謙虛地表示自己「窮」卻未能使「詩工」，但是「詩人自古以詩窮」一句卻讓他似乎感到舒服了一點，既然眞正的詩人歷來都是「窮」的，那麼他又有什麼可抱怨的呢。他用以自比的對象也不再僅僅是孟郊、杜甫，而多了白居易、蘇軾、梅堯臣這樣的「窮」人。比如林椿在詩中寫道：

> 詩人自古多羈困，倒著青衫佐州鎮。君不見大原居易位尚卑，白頭始得河南尹。又不見眉山子瞻老更貧，上章自請餘杭郡。〔註 241〕

白居易、蘇軾都不是因爲物質缺少而「貧窮」，他們只是在仕途上不得志，無法施展自己的才能而已。正如前文所講，歐陽修「詩窮而後工」離開了問題討論的具體背景後，已經「成了一種帶有普遍意義的

〔註 239〕《西河先生集》卷四《與趙亦樂書》，《韓國文集叢刊》第一冊，246 頁。

〔註 240〕《西河先生集》卷三《奉寄天院洪校書》，同上，236 頁。

〔註 241〕《西河先生集》卷三《諸公餞皇甫若水赴中原書記，僕以病不往，作詩寄之》，同上，230 頁。

文學批評，也成了勸慰政治上不得意之人的常用的措辭」。林椿把白居易和蘇軾作爲自己自比的對象，也可以看出歐陽修「詩窮而後工」理論經過演變後對他的深刻影響。

在高麗中期，與林椿一樣成爲「武臣之亂」受害者的文人很多，他們有些組成文人集團，「海左七賢」便是其中知名者。《高麗史・李仁老列傳》記載：「(李仁老) 與當世名儒吳世才、林椿、趙通、皇甫抗、咸淳、李湛之結爲忘年友，以詩酒相娛，世比江左七賢。」〔註 242〕這七人都是著名於當世的文學家，仿照「竹林七賢」而自發組成文人團體。李奎報有《七賢說》曰：「先輩有以文名世者某某等七人，自以爲一時豪俊，遂相與爲七賢，蓋慕晉之七賢也。每相會，飲酒賦詩，旁若無人，世多譏之，然後稍沮。」〔註 243〕

這些人大部分出身於顯赫的門閥，但是「鄭仲夫之亂」後，他們都遭遇不幸，李仁老削髮爲僧，林椿帶著家小流落江南避禍，趙通、李湛之以及吳世才等也都離開開京，藏身於山野。

吳世才（1133～？），家門顯赫，祖上是翰林學士，兩個哥哥世功、世文，也都以文墨見長，所以他可以說是出生於書香門第。史載他「少力學，手寫六經以讀，日誦周易。」〔註 244〕明宗時登第，但因爲「性踈雋少檢，不容於世」。〔註 245〕李奎報說他「爲詩文，得韓杜體，雖牛童走卒，無有不知名者。……其辭哀切悲壯，抑揚婉轉，眞有古人風，讀之不覺涕下。」〔註 246〕可見其詩作水平很高，然而始終不爲所用，「卒以窮困死」。他的不幸遭遇讓李奎報不禁感歎：「昔屈原、賈誼雖被疏斥，其始莫不被君寵遇，頗伸蘊蓄。李太白亦爾。杜甫雖窮，亦得爲員郎。公獨卒不沾一命而死，

〔註 242〕《高麗史》卷一〇二・列傳十五・李仁老。
〔註 243〕《東國李相國全集》卷二十一，《韓國文集叢刊》第一冊，509頁。
〔註 244〕《高麗史》卷一〇二・列傳十五・李仁老。
〔註 245〕同上。
〔註 246〕《東國李相國全集》卷三十七《吳先生德全哀詞・序》。

天耶命耶？」〔註 247〕

吳世才的遭遇也似乎正應驗了「詩窮而後工」這句話。李仁老在《破閒集》中專門議論道：

> 濮陽世材，才士也，累舉不得第，忽病目作詩：「老與病相隨，窮年一布衣。玄華多掩映，紫石少光輝。怯照燈前字，羞看雪後暉。待看金榜罷，閉目坐忘機。」三娶輒棄去，無兒息託錐之地，簞瓢不繼，年至五十得一第，客遊東都以歿。至其文章，豈以窮躓而廢之！〔註 248〕

李仁老對吳世才的不幸遭遇有著深深的同情，但是又對他的詩作大爲佩服，並且表示，窮困並不能掩蓋一個詩人眞正的好作品。其實，這又何嘗不是李仁老對自己的一種勉勵呢。史載李仁老出身顯赫，但在「鄭仲夫之亂」後，他被迫削髮爲僧。後來他還俗得第，但是「性偏急，忤當世，不爲大用」，只是「以詩名於時」。〔註 249〕這坎坷不幸的人生遭遇同樣成全了李仁老的詩歌創作，林椿在回憶他時，便說他「身窮名益進」。〔註 250〕

李仁老還認爲：「天下之事，不以貴賤貧富爲之高下者，惟文章耳。蓋文章之作，如日月之麗天也，雲煙聚散於大虛也，有目者無不得睹，不可以掩蔽。是以布葛之士，有足以垂光虹霓；而趙孟之貴，其勢豈不足以富國豐家，至於文章，則蔑稱焉。」〔註 251〕其認爲文章「不以貴賤貧富爲之高下」的觀念可以說是「詩窮而後工」的內在力量源泉。

因此，「詩窮而後工」的觀念之所以在高麗中期出現並產生影響，是有一定的時代背景的。但是，他確實引起了高麗詩人們對詩歌創作

〔註 247〕《東國李相國全集》卷三十七《吳先生德全哀詞．序》。
〔註 248〕《破閒集》卷下，《域外詩話珍本叢書》第八冊，45 頁。
〔註 249〕《高麗史》卷一〇二．列傳十五．李仁老。
〔註 250〕《西河先生集》卷一《有懷眉叟四首》：「少年才思贍，往往擅場闈。世路知音寡，雲山拂袖歸。身窮名益進，貌脊道何肥。豈久吳中隱，天文動少微。」見《韓國文集叢刊》第一冊，213 頁。
〔註 251〕《破閒集》卷下，《域外詩話珍本叢書》第八冊，45 頁。

的深入思考。高麗末期大詩人李穡有詩曰：

> 非詩能窮人，窮者詩乃工。我道異今世，苦意搜鴻蒙。冰雪砭肌骨，歡然心自融。始信古人語，秀句在羈窮。和平麗白日，慘刻生悲風。觸目情自動，庶以求厥中。厥中難造次，君子當用功。〔註 252〕

李穡首先便點明「非詩能窮人，窮者詩乃工」，但是他並非一開始便相信這個觀點，而是在有了親身的體驗經歷後，方明白「秀句在羈窮」。其實，李穡本身並沒有經歷巨大的人生變故，更沒有陷入貧困的境地，但是人生總有起起落落，各種各樣的失落都會讓人深入理解這句話。「窮」並非是物質上的意義，而是包含了精神上的。

關於「詩窮而後工」的探討一直延續到了朝鮮李朝，且影響愈加深遠。如《芝峰類說》卷十四《詩藝》載：

> 或曰：詩必專而後工。故爲工者多出於寒苦困厄之中，如唐之李翰林、杜工部、孟襄陽、東野、賈浪仙、盧玉川，乃寒苦者也。以近世言之，李容齋、金慕齋、申企齋、鄭湖陰、林石川、盧蘇齋，或久於竄謫，或久於閒退。白光勳、李達、車天輅，皆出於寒苦。古今如此者，難以悉舉。是則惟窮者能工，非詩之能使人窮也。

當然，他們討論得也更爲深入，比如區分「貧賤之窮」與「富貴而窮」，如李朝學者金正喜（1786～1856）云：「歐陽論詩窮而工，此但以貧賤之窮言之也。至如富貴而窮者，然後其窮乃可謂之窮。窮而工者，又有異於貧賤之窮而工也。貧賤之窮而工，便不足甚異。且富貴者，豈無工之者也。富貴而工者，又於其窮而後更工，又貧賤之窮所未能也。」〔註 253〕

他們還受宋人影響，也贊同「詩非窮人」，如趙泰億《西河集重

〔註 252〕《牧隱詩稿》卷八《有感》，《韓國文集叢刊》第四冊，59 頁。

〔註 253〕《阮堂先生全集》卷六《月城金正喜元春著題彝齋東南二詩後》，《韓國文集叢刊》第 301 冊，119 頁。

刊序》云：「古人之工於詩者，類多窮厄不遂，談者謂之詩能窮人。至陳無己序王平甫集則曰『詩能達人，未見其窮人』之言也，固有激而發，雖然亦大有理。以余觀之，若高麗林西河先生，雖曰窮於詩者，亦以詩有大名於世，謂之非窮也亦宜。」〔註 254〕

這顯然是受到陳師道言論的影響。「詩能窮人」自然有其反命題，即「詩能達人」，陳師道在《王平甫文集後序》中，有如下一番議論：「王平甫，臨川人也。年過四十始名，薦書群下士，歷年未幾，復解章紱歸田里，其窮甚矣！而文義蔚然，又能於詩，惟其窮愈甚，故其得愈多，信所謂人窮而後工也。雖然，天之命物，用而不全，實者不華，淵者不陸。物之不全，物之理也。盡天下之美，則於貴富不得兼而有也。詩之窮人又可信矣。方平甫之時，其志抑而不伸，其才積而不發，其號位、勢力不足動人，而人聞其聲，家有其書，旁行於一時，而下達於千世，雖其怨敵不敢議也。則詩能達人矣，未見其窮也。夫士之行世，窮達不足論，論其所傳而已。」〔註 255〕

與此相關的觀點便是認為「達者未嘗不工於詩」，南宋周必大即以宋祁為例提出了這一問題。其《跋宋景文公墨迹》云：「柳子厚作司馬、刺史，詞章殆極其妙，後世益信窮人詩乃工之說。常山景文公出藩入從，終身榮路，而述懷感事之作徑逼子厚。贈楊憑等詩，自非機杼既殊，經緯又至，安能底此？殆未可以窮論也。」〔註 256〕

朝鮮李朝金宗直（1431～1492）亦持相同觀點，他說：「世謂文章之與命，不相為謀，故要妙之作，多發於山林羈旅之中。達者則氣滿志得，雖欲工，不暇為也。余則以為不然。窮者而後加工，雖信有之，然公侯貴人之能者，亦豈少哉。……雖吾東方之作者，亦然。高麗之盛，表表名於世，若金文烈公、李文順公、李大諫、金員外、益齋、稼亭、牧隱諸先生，非宰樞，則給舍也。其未達者，吳世才、林

〔註 254〕《西河集序》，《韓國文集叢刊》第一冊，203 頁。
〔註 255〕《陳後山集》卷十三。
〔註 256〕《文忠集》卷十六，《四庫全書》第 1147 冊，第 148 頁。

耆之數人而已。以是言之，益見達者之未嘗不工於詩也。」〔註 257〕

李睟光亦有類似觀點，他說：「世有恒言詩能窮人，唐之四傑，李白、杜甫、孟浩然、孟郊、賈島，此固窮於詩者也。文亦有窮者，司馬遷、揚雄、班固之徒是已。豈非雕鎪物象，漏泄天機，爲造化之所深忌乎。然時有不窮者，如張說、蘇頲、李紳、權德輿諸人，於詩文自有富貴象。又或不能如窮者之專工也歟？噫，文章之不利人若此，而復有踵之者何歟？」〔註 258〕

從上述文字，我們可以發現「詩窮而後工」這一宋代詩學命題，在高麗及朝鮮李朝的發展過程中，朝鮮半島詩人在不斷地以自己的方式接受、理解著。但他們並非是被動的接受，而是有自己的發揮與闡釋。

二、詩畫本一律

「詩畫」相通的理論，也是在宋代發展成熟的。蘇軾在《書摩詰藍田煙雨圖》中說：「味摩詰之詩，詩中有畫；觀摩詰之畫，畫中有詩。」〔註 259〕而蔡絛《西清詩話》則有「丹青吟詠，妙處相資，昔人謂『詩中有畫，畫中有詩』者，蓋畫手能狀，而詩人能言之」之語。〔註 260〕詩與畫本是兩種不同門類的藝術，一種屬於語言藝術，一種屬於視覺藝術。「詩中有畫」是給訴諸語言的無色無形的詩歌賦予了形象性，而「畫中有詩」則爲訴諸視覺的繪畫賦予了不可捉摸的韻味。兩種不同的藝術門類之所以能夠聯繫起來，與宋代文人畫的興起有著很大的關係。

在宋代，繪畫從職業畫家或畫匠手中走向一般的文人，成爲士大

〔註 257〕《佔畢齋文集》卷一《亨齋先生詩集序》，《韓國文集叢刊》第 12 冊，405 頁。

〔註 258〕《芝峰類說》卷八《文藝》。

〔註 259〕《蘇軾文集》卷七十，第 2209 頁。

〔註 260〕《西清詩話》卷上，第 33 條。見《稀見本宋人詩話四種》，江蘇古籍出版社，2002 年，第 190 頁。

夫們彼此溝通訊息以及闡明思想的一種媒介。文人畫與傳統繪畫比較起來，最重要的特點之一，便是強調作者個人內心情感的抒發，這是以繪畫的形式來進行的一種抒情活動。也就是說，文人畫「是一種表現藝術，可藉以將情意微妙的色彩、變動不居的心緒、個人心靈的特質加以具體化，而與其他的心靈交流。」因而，「如果一個人的畫用了亮麗的色彩以及裝飾性的圖案來吸引觀眾的目光，可能這幅畫就是用以出售的用。而繪畫的正當動機，讀書人認爲，是要『寄興』；這種活動本身的價值是在於修身養性。」〔註 261〕因此，宋人對畫的好壞評價，不在於繪畫的技巧以及描摹的相似程度，而在於畫中所透露的氣韻。

蘇軾在《又跋漢傑畫山二首》中說：「觀士人畫，如閱天下馬，取其意氣所到。乃若畫工，往往只取鞭策皮毛槽櫪芻秣，無一點俊發，看數尺許便卷。漢傑眞士人畫也。」〔註 262〕他又比較吳道子與王維的畫說：「道子畫人物，如以燈取影，逆來順往，旁見側出，橫斜平直，各相乘除，得自然之數，不差毫末。出新意於法度之中，寄妙理於豪放之外，所謂遊刃餘地，運斤成風，蓋古今一人而已。」〔註 263〕「吳生雖絕妙，猶以畫工論。摩詰得之於象外，有如仙翮謝籠樊。」〔註 264〕可見在蘇軾心目中，文人畫與畫工畫的最大區別是「重神輕形」，用蘇軾的話來說，就是「得之於象外」，「取其意氣所到」，「得意忘形」。

我們再看蘇軾在《書黃子思詩集後》裏的言論：「予嘗論書，以謂鍾、王之迹，蕭散簡遠，妙在筆畫之外。至唐顏、柳，始集古今筆法而盡發之，極書之變，天下翕然以爲宗師，而鍾、王之法益微。至於詩亦然。蘇、李之天成，曹、劉之自得，陶、謝之超然，蓋亦至矣；

〔註 261〕〔美〕高居翰（James Cahill）著，宋偉航等譯《隔江山色：元代繪畫（1297～1368）》（Hills Beyond a River），生活・讀書・新知三聯書店，2009 年，第 4、5 頁。

〔註 262〕《蘇軾文集》卷七十，第 2216 頁。

〔註 263〕《蘇軾文集》卷七十《書吳道子畫後》，同上，第 2210 頁。

〔註 264〕《蘇軾詩集》卷三《王維吳道子畫》，第 109 頁。

而李太白、杜子美以英偉絕世之姿，淩跨百代，古今詩人盡廢，然魏、晉以來高風絕塵，亦少衰矣。李、杜之後，詩人繼作，雖間有遠韻，而才不逮意。」〔註 265〕

在這段文字中，雖然論述的是書法和詩歌的關係，但是道理與詩畫之間的關係是一樣的。「鍾王」的書法與「蘇李」「曹劉」「陶謝」的詩一樣，得自天成，而妙處在言語筆畫之外。顏眞卿的書法與李杜的詩歌也是一樣，雖然集歷代大成，卓爲大家，但是氣韻卻稍遜古人一籌。顯然，蘇軾對書畫的品評已經超越其「形」，而深入到其內部的「韻」。這也影響了黃庭堅，他說：「凡書畫當觀韻。」〔註 266〕又說：「翰林蘇子瞻，書法娟秀，雖用墨太豐，而韻有餘，於今爲天下第一。」〔註 267〕在《論書》中他又說：「筆墨各繫其人，工拙要須其韻勝耳。病在此處，筆墨雖工，終不近也。」〔註 268〕

以「韻」論畫不自蘇、黃始，南齊畫家謝赫即開始以「韻」評畫。在《古畫品錄》中，他提出「繪畫六法」，第一大法即「氣韻生動是也。」以「韻」論詩，也不自蘇、黃始，戴叔倫說：「詩家之景，如藍田日暖，良玉生煙，可望而不可置於眉睫之前也。」〔註 269〕這「象外之象、景外之景」實際追求的乃是一種「韻外之致」。但是，從「韻」的角度把詩畫放在一起進行討論的卻是自蘇、黃開始。蘇軾在《書鄢陵王主簿所畫折枝二首》中說：「論畫以形似，見與兒童鄰。賦詩必此詩，定非知詩人。詩畫本一律，天工與清新。邊鸞雀寫生，趙昌花傳神。何如此兩幅，疏淡含精勻。誰言一點紅，解寄無邊春。」〔註 270〕在詩中，蘇軾強調詩與畫的創作具有相同的規律，都應該以「神似」爲主。所謂神似，當然是就詩畫內在的

〔註 265〕《蘇軾文集》卷六十七，第 2124 頁。
〔註 266〕《宋黃文節公全集》正集卷二十七《題摹燕郭尚父圖》，第 729 頁。
〔註 267〕《宋黃文節公全集》正集卷二十六《跋自所書與宗室景道》，第 675 頁。
〔註 268〕《宋黃文節公全集》外集卷二十四《論書》，第 1427 頁。
〔註 269〕司空圖《與極浦書》引，《司空表聖詩文集箋校》卷三，祖保泉、陶禮天箋校，安徽大學出版社，2002 年，第 215 頁。
〔註 270〕《蘇軾詩集》卷二十九，第 1525 頁。

韻味而言，而「韻」則無法靠「形」與「式」形成，必須依靠「天工」，也就是出自天然。「清新」則是「韻」的外在體現，亦即擯棄絢爛與麗藻後的狀態。在追求「韻」的目標上，詩與畫是具有一致性的。蘇軾還曾有詩曰：「少陵翰墨無形畫，韓幹丹青不語詩。此畫此詩眞已矣，人間駑驥漫爭馳。」〔註 271〕「無形畫」與「不語詩」都是強調詩畫之間內在的共通性，這種共通性的產生正是依賴於「神韻」，蘇軾的論述可謂深刻異常，故趙令畤認爲：「若論詩畫，於此盡矣。」〔註 272〕此外，范溫亦以爲「詩畫一律」主要是就「韻」而言，如其《潛溪詩眼》云：「王偁定觀好論書畫，常誦山谷之言曰：『書畫以韻爲主。』予謂之曰：『夫書畫文章，蓋一理也。』」〔註 273〕而詩人與畫家在創作原理上也應該是一致的，故蘇軾《次韻吳傳正枯木歌》云：「古來畫師非俗士，妙想實與詩同出。」〔註 274〕又《次韻黃魯直書伯時畫王摩詰》云：「詩人與畫手，蘭菊芳春秋。又恐兩皆是，分身來入流。」〔註 275〕

「詩畫一律」理論在宋代已經發展成熟，而隨著高麗與宋代詩學交流的加深，這一理論也對高麗詩學產生了深遠的影響，其中最主要的影響便是增強了對詩、畫兩種藝術共通性的理解，特別是增強了對「韻味」的認知。此外，除了詩論上的影響外，在實際創作中還促進了題畫詩的大量出現。

李仁老《題李佺海東耆老圖後》曰：「詩與畫，妙處相資，號爲一律。古之人以畫爲無聲詩，以詩爲有韻畫，蓋模寫物象，披割天慳，其術固不期而相同也。」〔註 276〕李仁老的觀點完全來自於宋代詩人。黃庭堅在《次韻子瞻子由題憩寂圖》中有「李侯有句不肯吐，淡墨寫

〔註 271〕《蘇軾詩集》卷四十八《韓幹馬》，第 2630 頁。
〔註 272〕趙令畤《侯鯖錄》，叢書集成初編本，商務印書館，卷八，第 78 頁。
〔註 273〕郭紹虞《宋詩話輯佚》（上冊），中華書局，1980 年版，第 372 頁。
〔註 274〕《蘇軾詩集》卷三十六，第 1961 頁。
〔註 275〕《蘇軾詩集》卷四十七，第 2543 頁。
〔註 276〕《東文選》卷一百二。

出無聲詩」之句〔註 277〕，他還說：「詩成無色之畫，畫出無聲之詩。」〔註 278〕蘇軾《和文與可洋川園池三十首・溪光亭》詩云：「溪光自古無人畫，憑仗新詩與寫成」。施元之在注釋這首詩時，寫下下面一段文字：「《古詩話》：詩人以畫爲無聲詩，詩爲有聲畫。」〔註 279〕北宋文學家、畫家張舜民《跋百之詩畫》云：「詩是無形畫，畫是有形詩。」〔註 280〕北宋畫家郭熙《林泉高致》引用了此語：「更如前人言『詩是無形畫，畫是有形詩』，哲人多（理之）談此言，吾人所師」。〔註 281〕

李仁老不僅熟諳「詩畫一律」理論，而且還能創作出「詩中有畫」的作品。如《破閒集》卷上載：

> 昔僕出佐桂陽，承廉使符，到龍山宿韓相國彥國書齋。峰巒盤屈，狀若蒼蛇。而齋正據其額，江流至其下分爲二派，江外有遙岑，望之如山字。僕朗吟而起，信筆題於壁云：「二水溶溶分燕尾，三山杳杳駕鼇頭。他年若許陪鳩杖，共向蒼波狎白鷗。」天水亦樂，即韓相國門生也，謁相國酒行誦此詩，相國停杯吟諷，乃曰：「漢陽之遊，計今已五十年矣。聞此一句，其山光水色歷歷如在眼前，此古人所爲詩中畫也。」

李仁老之詩被譽爲「詩中畫」可謂是極高的評價，不然李仁老不會把此事記載下來。韓國學者張鴻在認爲李仁老的詩是具有繪畫性的，「其閒靜的境地，神仙的境地，是通過自然的世界來構成的。」〔註 282〕

〔註 277〕《宋黃文節公全集》正集卷九，第 212 頁。

〔註 278〕《宋黃文節公全集》正集卷二十二《寫眞自贊五首》，第 559 頁。

〔註 279〕《施注蘇詩》卷十一。

〔註 280〕〔宋〕張舜民《畫墁集》卷一，知不足齋本。

〔註 281〕〔宋〕郭熙《林泉高致》之「畫意」，文淵閣四庫全書，812 冊，第 579 頁。

〔註 282〕〔韓〕張鴻在《李仁老論》，《韓國文學作家論》，漢城：螢雪出版社。轉引自溫兆海《味——審美範疇在高麗詩學前期之考察》，《東疆學刊》2004 年第 3 期。

與李仁老同時的林椿亦贊同「詩畫一律」的觀點，他說：「筆法詩篇自一家」〔註 283〕，這幾乎就是「詩畫一律」的意思。其實，高麗很多詩人表達了詩畫之間可以相通的觀點，如李穡曰：「門外山低明臈雪，爐中火冷散香煙。誰能畫我吟詩處，掛向高堂六月天。」〔註 284〕又曰：「驪江一曲山如畫，半似丹青半似詩。」〔註 285〕崔咸一云：「鷗鴨雙雙掠水飛，映山紅倒碧琉璃。畫工未意千般景，盡入書生一首詩。」〔註 286〕李達衷（1309～1385）曰：「誰爲詩人誰畫工，畫江之神未易測。詩人所見何能窮，青山青青白雲外。」〔註 287〕這些詩作雖沒有明確說出「詩畫一律」的觀點，但是認爲詩與畫之間具有某種共通的東西卻是一致的。李詹（1345～1405）有詩曰：「……鸜鵒落紙驚滿座，屛風誤點惑孫郎。有聲畫無聲詩，願爲弟子欲學之。……」〔註 288〕其所言「有聲畫無聲詩」與李仁老所言「無聲詩，有韻畫」可謂是前呼後應了。

崔滋同樣對「詩畫」之間的關係比較重視。他非常讚賞鄭知常的《醉後》詩：「桃花紅雨鳥喃喃，繞屋青山閒翠嵐。一頂烏紗慵不整，醉眠花塢夢江南。」認爲「此詩可作畫圖看也。」〔註 289〕而陳澕的《遊五臺山》詩「畫裏當年見五臺，掃雲蒼翠有高低。今來萬壑爭流處，卻喜穿雲路不迷。」能使人「對境想畫」。〔註 290〕他還特別讚賞劉禹錫的題畫詩，「校其畫歷歷無毫差」。〔註 291〕

〔註 283〕《西河先生集》卷三《摘瓜寄洪書記》，《韓國文集叢刊》第一冊，235 頁。
〔註 284〕《牧隱詩稿》卷二十七《絕句》，《韓國文集叢刊》第四冊，387 頁。
〔註 285〕《牧隱詩稿》卷十四《驪江》，同上，158 頁。
〔註 286〕《東文選》卷二《十一泛舟遊晉州南江》。
〔註 287〕《霽亭先生文集》卷一《雪軒鄭相宅青山白雲圖》，《韓國文集叢刊》第三冊，280 頁。
〔註 288〕《雙梅堂先生篋藏文集》卷二《古詩一篇，投天使祝少卿請畫》，《韓國文集叢刊》第六冊，343 頁。
〔註 289〕《補閑集》卷中，《域外詩話珍本叢書》第八冊，108 頁。
〔註 290〕同上。
〔註 291〕同上。

然而，崔滋對詩畫關係的探討並不僅僅局限在寫景詩的「畫面感」上，他還超越外在的「形」，而深入到詩畫之內在的「神韻」上。《補閒集》云：「丁秘監而安邃於文章，墨竹最妙，……曰：『士大夫揮掃，例以詩爲本，若沓其圖，則畫工也。」〔註 292〕崔滋認爲，作畫當以寫詩的原則和方法去做，若不然，則只是拘泥於技法的「畫工」而已。他的深層意思，毫無疑問，是強調繪畫應該與詩一樣，要意在言外，以韻取勝。這與蘇軾的「論畫以形似，見與兒童鄰。賦詩必此詩，定非知詩人」是一脈相承的。

崔滋在《補閒集》另一處更明確闡明瞭「韻」是「詩畫一律」之根本的觀點：

> 陳補闕讀李春卿詩云：「啾啾多言費楮毫，三尺喙長只自勞。謫仙逸氣萬象外，一言足倒千詩豪。」及第吳芮公曰：「逸氣一言，可得聞乎？」陳曰：「蘇子瞻《品畫》云『摩詰得之於象外，筆所未到氣已吞。』詩畫一也。杜子美詩，雖五字中尚有氣吞象外，李春卿走筆長篇亦象外得之，是謂逸氣。謂一語者，欲其重也。夫世之嗜常惑，凡者不可與言詩，況筆所未到之氣也。」（《補閒集》卷中）

陳澕爲了解釋「逸氣」，借用了蘇軾《品畫》中對王維畫作的評語來闡釋有關詩學論點，並認爲在追求「逸氣」上，「詩畫一也」。而他對「逸氣」的解釋以「氣吞象外」和「象外得之」爲內容，則顯然有「神韻」的意味在裏面。

高麗詩人對詩畫關係的討論是廣泛而深入的，他們還涉及到了詩與畫的互補關係。他們認爲，詩有畫所不能到處，而畫也有詩所不能到處。比如，畫更形象直觀，所以「江山萬景吟難狀，須倩丹青畫筆描」。〔註 293〕但是，詩語比畫筆凝練，且更有「味」，故李奎報說：「作

〔註 292〕《補閒集》卷中，《域外詩話珍本叢書》第八冊，108 頁。

〔註 293〕《東國李相國全集》卷十《題浦口小村》，《韓國文集叢刊》第一冊，393 頁。

詩模狀又勝畫，攙天萬丈生胸中。……看詩諷味如見畫，何必親對青童童。」〔註 294〕閔思平亦有詩云：「山青雲白動光彩，如在一丘一壑中。詩人摸寫果勝畫，筆所未到一句窮。焚香靜坐對詩畫，雲山興已盡西峰。」〔註 295〕

由此，高麗詩人對詩畫關係的討論逐漸轉到了彼此地位之高低上，或者說從「詩畫一律」轉到了「詩畫不一律」上。如李奎報《賦雙鷺圖》詩曰：

憶昔江南天，扁舟泊煙浦。霜菰映清淺，中有雙白鷺。靜翹綠玉脛，閒刷白銀羽。擬將詩句摹，久作猿吟苦。寫形雖彷彿，佳處殊未遇。畫工眞可人，到我所未到。眼活而有力，聳立勇前顧。肉瘦而有骨，未起已遐慕。就中畫聲難，解作啼態度。我詩豈好事，聊寫畫中趣。畫難人人蓄，詩可處處布。見詩如見畫，亦足傳萬古。〔註 296〕

李奎報一方面認爲詩不如畫，因爲詩雖然可以大致描摹出畫中鷺鷥的形狀，但是卻難以傳達出畫中的細微之處，特別是對鷺鷥的眼神、情態等，詩難以一一準確地傳達出。但是，畫難以被所有人看到，而詩卻可以傳到每一個角落，並流傳千古。所以，作爲視覺藝術，詩是不如畫的，畫作要比詩篇更直觀形象。而從流傳的角度來說，詩要比畫更廣泛和長久。從詩的結尾來看，李奎報顯然認爲詩要比畫更勝一籌。這在他的另一篇文章中可以得到印證，這是他收到友人所贈墨竹畫和詩作後的有感而發，他說：

僕前者輕以紙本，求得墨竹四幹，愛玩之際，猶以爲歉。更以絹素乞掃數朵，兼乞寫眞。今月某日，伏蒙垂和

〔註 294〕《東國李相國全集》卷十六《次韻金承制仁鏡謝規禪師贈歸一上人所畫老檜屏風　二首》，同上，454 頁。

〔註 295〕《及庵先生詩集》卷一《鄭雪軒青山白雲圖》，《韓國文集叢刊》第三冊，54 頁。

〔註 296〕《東國李相國全集》卷八《朴君玄球家，賦雙鷺圖》，《韓國文集叢刊》第一冊，372 頁。

前詩，以墨竹二幀影子一幀，親訪見贈，感荷感荷。觀其詩語，精緻清警，眞蹈詩人閫域。則詩名之震世，亦不爲不久。而畫復如此。畫者，藝也。藝必爲世所嗜，故藝之能奪詩名久矣。先朝學士洪灌，能詩亦能書，世皆以能書洪灌呼之，不以詩名，洪君嘗憤之。予以謂若洪君者，詩與書相敵，故藝能混而掩之矣。如學士之詩，絕勝無二，雖藝之工也，又豈奪之之有耶。況墨竹寫眞，是士大夫之事，而又且得之於天，則公雖欲已之，得乎？甚善甚善。〔註 297〕

在李奎報心目中，畫只是「藝」，並非「士大夫」所爲之正事，但因爲「藝」往往爲世人所喜好，所以才會掩蓋詩的名聲。然而，不管怎樣，畫只能是「技」，是「末事」。李奎報的觀點與宋人非常一致，或者說與傳統儒家觀點一致。儒家把社會階層分爲「士農工商」，士是地位最高的，其次是農，接下來才是百工。畫工顯然是低人一等的職業。雖然，宋代文人畫很發達，但是宋代是一個士大夫社會，士大夫們只是把文人畫作爲一種空閒時間調適筆墨的餘興，是一種放鬆和遊戲，所以文人畫也往往以「墨戲」爲名，眞正爲士大夫所看重的還是詩。

李奎報的觀點在後世得到了響應，朝鮮李朝李睟光云：「王弇州曰，畫力可五百年，書力可八百年，唯於文章，更萬古而長新。以此觀之，文章之傳後，勝於書畫矣。李奎報題畫詩云：『畫難人人畜，詩可處處布。見詩如見畫，亦足傳萬古』是也。」〔註 298〕

高麗詩人對「詩畫」理論的探討也影響到了高麗的漢詩創作，促進了題畫詩的繁榮，林椿、李仁老、陳澕、李奎報、李穀、李穡、閔思平等人，都是題畫詩的高手。比如林椿有《題湛之家王可訓家春景

〔註 297〕《東國李相國後集》卷五《次韻丁秘監和前所寄詩，以墨竹影子親訪見贈 並序》，《韓國文集叢刊》第二冊，189 頁。
〔註 298〕《芝峰類說》卷十八「畫」。

山水圖》、《題吳江圖》；李奎報《訪養淵師，賦所蓄白鶴圖》、《閔常侍令賦雙馬圖》、《題劉伶李白勸酒圖》、《題華夷圖長短句》、《月師方丈畫簇二詠》、《畫鯉魚行》、《題畫虎》、《溫上人所蓄獨畫鷺鷥圖》、《題普濟寺住老規禪師壁上畫竹》、《崔相國使丁郎中鴻進畫墨竹，請予作贊二首書屏之左右》；陳澕有《題畫扇蟠松》；李承休《江陵田使君所蓄明皇晏起圖》；李齊賢《和鄭愚谷題張彥甫雲山圖》；李穀有《題中書譯史牡丹圖後》、《題江天暮雪圖》；鄭誧有《題寒山拾得畫像後》、《題仙女著棋圖》；李達衷有《雪軒鄭相宅青山白雲圖》；李穡有《題山水圖》、《題畫竹》、《題畫馬》、《題隱溪卷》、《題東亭所藏杏村墨竹》、《題宣和蜂燕圖，與子白同賦》、《奉題玄陵親筆賜尹密直虎秋山圖》、《題東亭所藏張彥輔山水圖，曲城所畜也》；鄭道傳有《題樵叟圖，重奉使錄》；元天錫《題懶翁和尚云山圖》、《題西谷徐奉翊畫壁山水 二首》等。

高麗題畫詩中，最有代表性的當屬「瀟湘八景」詩。

宋代畫家宋迪有《瀟湘八景圖》，據沈括《夢溪筆談・書畫篇》：「度之員外郎宋迪工畫，尤善爲平遠山水。其得意者，有平沙落雁、遠浦歸帆、山市晴嵐、江天暮雪、洞庭秋月、瀟湘夜雨、煙寺暮鐘、漁村夕照，謂之『八景』，好事者多傳之。」〔註 303〕

宋迪「瀟湘八景圖」在當時很有名，被人們稱爲「無聲句」。而詩僧惠洪還專門爲《瀟湘八景圖》各賦了一首詩，並把自己的詩稱作是「有聲畫」。〔註 300〕此後，以「瀟湘八景圖」爲題材的詩作不計其數。

「八景圖」肇始於北宋末年，於高麗王朝前期傳至高麗，而高麗文人開始寫作「八景詩」則在高麗中期，當爲明宗時候（1171～1197在位）。據《高麗史》記載：「及毅宗時，內合繪事悉主之子光弼，亦以畫見寵於明宗。王命文臣賦『瀟湘八景』，仍寫爲圖。」〔註 301〕文

〔註 299〕沈括《夢溪筆談》卷十七《書畫》。
〔註 300〕惠洪《石門文字禪》卷八，禪門逸書初編，第四冊，97 頁。
〔註 301〕《高麗史》卷一二二・列傳三十五・方技・李寧。

人賦詩，畫師繪圖，這可謂是詩畫壇的一件盛事。

而出使過金國的高麗文人李仁老和陳澕可能在金國欣賞過宋迪的「八景圖」，兩人皆著有《宋迪八景圖》詩。東人詩話曰：「李大諫仁老《瀟湘八景》絕句，清新富麗，工於摸寫。」〔註 302〕而李奎報可謂繼李仁老、陳澕之後，韓國「八景文學」的承先啓後者，他所創作的《虔州八景詩》，除了順序不同，以及「煙寺暮鐘」與「煙寺晚鐘」的些微差異，「虔州八景」與沈括所記宋迪「八景圖」如出一轍。但是，李奎報有關宋迪「八景圖」的題畫詩，已經與繪畫無關了，而成爲想像中的創作。他可以說是轉化題畫詩性質的「瀟湘八景」詩爲想像山水的開風氣者之一。〔註 303〕

此後，李齊賢次韻李仁老，創作了非題畫詩的「瀟湘八景」詩〔註 304〕，還創造了屬於朝鮮半島自己的「松都八景」。高麗詩人雖然不以《宋迪八景圖》爲創作內容了，但是「八景詩」卻成爲常見的形式，如鄭誧《蔚州八景》詩，詩中八景分別爲：大和樓、平遠閣、藏春塢、望海臺、碧波亭、白蓮岩、開雲浦、隱月峰。而李穡也有一首詩，詩題爲《〈東吳八詠〉，沈休文之作也，宋復古畫之，載於〈東坡集〉。予少也讀之，而忘之矣。今病徐，悶甚，偶閱〈東坡詩注〉，因起東吳之興，作八詠絕句》。依詩題之意，李穡由《東坡集》中得知宋迪畫了沈約八詠詩，才產生創作的念頭。李穡的這組八詠絕句一共八首，各詠一景，但是與「宋迪八景」已經不一樣了。李穡所詠八景分別爲：洞庭晚靄、廬阜秋雲、平田雁落、闊浦帆歸、雨暗江林、雪藏山麓、泉岩古柏、石岸孤松。

關於「詩話一律」理論的影響，即使到了朝鮮李朝依然存在。比如李朝詩人成侃（1427～1456）的一首詩就是對這一理論的再次

〔註 302〕《東人詩話》卷上，《域外詩話珍本叢書》第八冊，209 頁。

〔註 303〕衣若芬《蘇軾對高麗「瀟湘八景」詩之影響》，《第三屆宋代文學國際研討會論文集》，寧夏人民出版社，2005 年第 155 頁。

〔註 304〕《益齋亂稿》卷三《和朴石齋、尹樗軒，用〈銀臺集〉瀟湘八景韻》，見《韓國文集叢刊》第二冊，525 頁。

闡述：

> 詩爲有聲畫，畫乃無聲詩。古來詩畫爲一致，輕重未可分毫釐。先生胸中藏百怪，詩歟畫歟不可知。時時遇興拈秃筆，拂拭縞素開端倪。須臾一水復一石，蒼崖老木臨清漪。乃知鄭老是前身，摩挲竟日神爲怡。雖然粉墨豈傳久，一朝散落隨煙霏。不如移就有聲畫，入人之耳解人頤，千古萬古留神奇。〔註 305〕

三、詩以意爲主

詩文「以意爲主」這個命題由來已久。范曄在《獄中與諸甥侄書》中說：「常謂情志所託，故當以意爲主，以文傳意。以意爲主，則其旨必見；以文傳意，則其詞不流；然後抽其芬芳，振其金石耳」。〔註 306〕一般認爲，這是「文意論」最早的雛形。〔註 307〕

後經過劉勰、令狐德棻、韓愈、皎然、杜牧等人的充實，「詩意論」到了宋代開始在詩學批評中佔據著突出的位置。梅堯臣、劉攽、蘇軾、黃庭堅、張表臣、吳可、韓駒、楊萬里、洪邁、姜夔等都對這一理論作過深入的闡述，而蘇、黃便是其中的代表。范溫《潛溪詩眼》云：「老坡作文，工於命意，必超然獨立於眾人之上。」〔註 308〕黃庭堅《論作詩文》亦提出：「但始學詩，要須每作一篇，輒須立一大意，長篇須曲折三致焉，乃爲成章耳。」〔註 309〕

蘇、黃之後，作詩「以意爲主」，在宋人中幾成常談。比如劉攽《中山詩話》曰：「詩以意爲主，文詞次之，或意深義高，雖文詞平易，自是奇作。世效古人平易句，而不得其意義，翻成鄙野可笑。」

〔註 305〕《東文選》卷八《寄姜景愚》。

〔註 306〕《宋書》卷六十九・列傳第二十九・范曄傳。

〔註 307〕曾祖蔭《「文以氣爲主」向「文以意爲主」的轉化》，華中師範大學學報，2001 年第 6 期。

〔註 308〕郭紹虞《宋詩話輯佚》(上冊)，中華書局，1980 年版，第 333 頁。

〔註 309〕《宋黃文節公全集》別集卷十一，第 1684 頁。

〔註310〕張表臣《珊瑚鉤詩話》曰：「詩以意爲主，又須篇中鍊句，句中鍊字，乃得工耳。以氣韻清高深眇者絕，以格力雅健雄豪者勝。元輕白俗，郊寒島瘦，皆其病也。」〔註311〕張耒《與友人論文因以詩投之》云：「文以意爲車，意以文爲馬。理強意乃勝，氣盛文如駕。」〔註312〕此外，吳可《藏海詩話》亦曰：「詩以用意爲主，而附之以華麗，寧對不工，不可使氣弱，足以救西崑穠豔之失。」〔註313〕又云：「凡看詩，須是一篇立意，乃有歸宿處。」「凡裝點者好在外，初讀之似好，再三讀之則無味。要當以意爲主，輔之以華麗，則中邊皆甜也。」〔註314〕上述文字都是強調詩歌內在之意的重要性，這可以說已經成爲宋代詩人的追求，而「尚意」也成爲宋詩的一個重要特點。〔註315〕

宋代詩人對詩意表現的特徵也做了許多探討，比如梅堯臣、歐陽修、司馬光、黃庭堅、吳可、胡仔、曾季狸、葛立方、姜夔、羅大經、劉克莊、俞文豹等一大批詩話家，都以「意在言外」作爲詩歌審美的方向，這對兩宋詩壇產生了極大的影響。〔註316〕而葉夢得則在《石林詩話》中把「用意深遠」作爲一項追求，他評論杜甫詩時說：「自漢魏以來，詩人用意深遠，不失古風，惟此公爲然，不但語言之工也。」〔註317〕還有一些詩人又從創作主旨上提出詩意要合於「風雅之意」，如楊時《龜山先生語錄》言：「作詩不知風雅之意，不可以作詩。詩

〔註310〕《歷代詩話續編》第285頁。
〔註311〕《歷代詩話》，455頁。
〔註312〕李逸安、孫通海、傅信點校《張耒集》，北京：中華書局，1990年版，卷48，第128頁。
〔註313〕《四庫全書總目提要》卷一九五・集部四十八・詩文評類一「藏海詩話」條。
〔註314〕《歷代詩話續編》，329、331頁。
〔註315〕《宋詩的尚意與宋文的尚韻》，徐中玉、郭豫適主編《古代文學理論研究》（第十二輯），華東師範大學出版社，2002年版第173頁。
〔註316〕胡建次《宋代詩話中的詩意論》，《內蒙古社會科學》，2002年第4期。
〔註317〕《石林詩話》卷上，見《歷代詩話》（上冊），第414頁。

尙譎諫，唯言之者無罪，聞之者足以戒，乃爲有補；若諫而涉於譭謗，聞者怒之，何補之有！」〔註 318〕此外，歐陽修、魏泰等則還提出「意新」的要求。

而在如何造「意」上，宋人也提出很多方法，比如《詩人玉屑》引韓駒《室中語》云：「凡作詩須命終篇之意，切勿以先得一句一聯，因而成章，如此則意多不屬。」又云：「作詩必先命意，意正則思生，然後擇韻而用，如驅奴隸；此乃以韻承意，故首尾有序。今人非次韻詩，則遷意就韻，因韻求事；至於搜求小說佛書殆盡，使讀之者惘然不知其所以，良有自也。」〔註 319〕范溫《潛溪詩眼》曰：「山谷言文章必謹布置，每見後學，多告以（原道）命意曲折。」〔註 320〕而惠洪《冷齋夜話》也引黃庭堅語曰：「詩意無窮，而人才有限；以有限之才，追無窮之意，雖淵明、少陵，不得工也。不易其意而造其語，謂之換骨法；規摹其意而形容之，謂之奪胎法。」葉夢得《石林詩話》在論及杜甫用語「出奇無窮」時曰：「今人多取其已用字模仿用之，偃蹇狹陋，盡成死法。不如意與境會，言中其節，凡節皆可用也。」〔註 321〕此外，吳沆《環溪詩話》卷下云：「詩之工不在對句，然亦有時而用，第泥於對而失詩之意，則不可耳。」〔註 322〕張戒《歲寒堂詩話》卷上云：「世人作篆字，不除隸體，作古詩不免律句，要須意在律前，乃可名古詩耳。」〔註 323〕而楊萬里《誠齋詩話》亦曰：「詩有一句七言而三意者」，「有一句五言而兩意者」，「詩有句中無辭，而句外有意者」。〔註 324〕

〔註 318〕王大鵬《中國歷代詩話選》，長沙：嶽麓書社，1985 年版，第 238 頁。

〔註 319〕《詩人玉屑》卷六「命意」條。

〔註 320〕《宋詩話輯佚》（上冊），第 323 頁。

〔註 321〕《石林詩話》卷中，《歷代詩話》（上冊），第 420 頁。

〔註 322〕《冷齋夜話・風月堂詩話・環溪詩話》，第 619 頁。

〔註 323〕《歷代詩話續編》第 454 頁。

〔註 324〕《歷代詩話續編》第 138 頁。

宋人「尚意」的觀念對高麗詩人也產生了影響。高麗前期，詩壇彌漫著晚唐詩風。中期後，隨著宋詩的傳入，以蘇、黃爲代表的宋代詩學逐漸佔據主流地位，「詩意論」也開始在高麗得到了詩人們的回應。

李奎報在《論詩中微旨略言》中首先標舉「詩以意爲主」的大旗，他說：「夫詩以意爲主，設意尤難，綴辭次之。意亦以氣爲主，由氣之優劣，乃有深淺耳。然氣本乎天，不可學得。故氣之劣者，以雕文爲工，未嘗以意爲先也。蓋雕鏤其文，丹青其句，信麗矣。然中無含蓄深厚之意，則初若可玩，至再嚼則味已窮矣。」〔註 325〕李奎報把文章的立意放在了「文辭」之前，強調「設意」之難，這顯然是受宋人影響的「尚意」觀念體現。李奎報認爲，要做到「以意爲主」，就必須擯棄那種一味雕琢、追求技巧的風氣。他反問：「豈可以一句之故，至一篇之遲滯哉！」這是旗幟鮮明地把「意」提到漢詩創作的首要位置上。至於他所追求「意」的特徵，並無具體闡釋，不過其所說「含蓄深厚之意」，與葉夢得之「用意深遠」較爲接近。

不過在《論詩》中，李奎報對「意」的特徵和要求作了進一步的闡釋：

> 作詩尤所難，語意得雙美。含蓄意苟深，咀嚼味愈粹。意立語不圓，澀莫行其意。就中所可後，雕刻華豔耳。華豔豈必排，頗亦費精思。攬華遺其實，所以失詩旨。邇來作者輩，不思風雅義。外飾假丹青，求中一時嗜。意本得於天，難可率爾致。自揣得之難，因之事綺靡。以此眩諸人，欲掩意所匱。此俗寖已成，斯文垂墮地。李杜不復生，誰與辨眞僞。我欲築頹基，無人助一簣。誦詩三百篇，何處補諷刺。自行亦云可，孤唱人必戲。〔註 326〕

〔註 325〕《東國李相國全集》卷二十二，《韓國文集叢刊》第一冊，524 頁。
〔註 326〕《東國李相國後集》卷一《論詩》，《韓國文集叢刊》第二冊，135 頁。

在此詩中，李奎報首先通過「邇來作者輩，不思風雅義」以及「誦詩三百篇，何處補諷刺」等語句告訴我們，他所謂的「意」正是源於「詩三百」的「風雅之意」，這與楊時的觀點又是非常的一致。其次，李奎報還強調了「語意雙美」的觀點，認爲含蓄深刻之「意」雖然可以使作品更加耐人尋味，但是沒有恰到好處的語言，則難以傳達出所希望表達的意思。所以，他並不排斥一定的語言方面的追求，只是，他反對離開「意」而去專事「綺靡」的態度。說到底，他還是強調「意」的重要性。總的來說，李奎報對中國詩歌創作中「重意」這一審美趨向的把握還是很準確的，他不僅注意到有關中國詩歌的思想、內容、精神、風貌方面，而且也注意到其外在表現形式方面；不僅論述到詩的內旨的重要性，同時也論述到詩的內容與形式相統一的必要性，既強調了「以意爲主」的詩學觀，也兼顧到詩的外在表現形式。〔註 327〕

稍後的崔滋對此觀點作了進一步的探討，他說：

> 夫評詩者，先以氣骨意格，次以辭語聲律。一般意格中，其韻語或有勝劣一聯，而兼得者盡寡。故所評之辭，亦雜而不同。《詩格》曰：「句老而字不俗，理深而意不雜，才縱而氣不怒，言簡而事不晦，方入於風騷。」此言可師。〔註 328〕

崔滋把「意」與「氣」、「骨」、「格」放在一起，且與「辭語聲律」加以對比，顯然突出了他重視詩歌內在之意的觀點。他還說：「詩文以氣爲主，氣發於性，意憑於氣，言出於情，情即意也。而新奇之意，立語尤難，輒爲生滯……夫才勝其情，則雖無佳意，語猶圓熟；情勝其才，則辭語鄙靡，而不知有佳意。情與才兼得，而後其詩有可觀。」〔註 329〕

〔註 327〕 鄔志遠、劉雅傑《李奎報對中國詩歌創作的「主意」論》，《東疆學刊》1997 年第 5 期。

〔註 328〕 《補閒集》卷下，《域外詩話珍本叢書》第八冊，140 頁。

〔註 329〕 《補閒集》卷中，《域外詩話珍本叢書》第八冊，126 頁。

這裡有個關鍵詞需要注意，即「新奇之意」。崔滋強調詩要有佳意，同時更要有新奇之意，而要達到這一點，則對語言又有很高的要求。這顯然得之於歐陽修之「意新語工」說。

崔滋《補閒集》中還記載了一段故事，也可以看出其「尚意」的理念：

> 陳玉堂澕、李蓬山允甫，同夜直禁林。時有前入大金書狀官某言：「廣寧府道傍有十三山，往來客子題詠頗多，皆淺近未能破的，請兩君賦之。」陳即援筆云：「巫山十二但聞名，驛路偷閒午枕涼。剩骨一峰雲雨惱，傍人應笑夢魂長。」李云：「六七山抽碧玉簪，蔥蘢佳氣射朝驂。從今嵩嶽嘉名減，只數奇峰二十三。」又云：「少年蠟屐好登山，踏盡衡巫岱華間。五老八公遊未遍，不知藏此此中慳。」陳詩以意，李詩以言。兩首之言，不如一首之意。〔註330〕

崔滋在比較陳澕、李允甫兩人的《詠廣寧府十三山》同題詩時說「陳詩以意，李詩以言，兩首之言，不如一首之意。」這顯然亦是他作詩重「意」的應有表現。

高麗末期，李齊賢在《櫟翁稗說》中論詩格外重視分析詩歌內在的審美本質，如在詩歌審美本質論上，他便主張「言外之意」：

> 古人之詩，目前寫景，意在言外，言可盡而味無窮。若陶彭澤「採菊東籬下，悠然見南山」、陳簡齋「開門知有雨，老樹半身濕」之類是也。予獨愛「池塘生春草」，以爲有不傳之妙。〔註331〕

「意在言外」一語，源於唐代詩僧皎然的《中序》：「『池塘生春草』，情在言外；『明月照積雪』，旨置句中」。〔註332〕皎然的這一論詩觀點，後成爲人們所追求的詩歌創作的一種境界，如梅堯臣曰：「必能狀難

〔註330〕《補閒集》卷中，《域外詩話珍本叢書》第八冊，121頁。
〔註331〕《櫟翁稗說》後集一。
〔註332〕《中國歷代詩話選》，嶽麓書社，1985年，48頁。

寫之景，如在目前，含不盡之意，見於言外，然後爲至矣。」〔註 333〕此語正是對「意在言外」的特殊審美效果的經典闡述。而李齊賢正是繼承了中國詩人的「言外之意」說，並進一步發展和豐富之。

由李奎報「詩以意爲主」到李齊賢「言外之意」，我們可以清楚看到高麗詩人在「詩意」上不斷探索的過程，並一直延續到朝鮮李朝，如李睟光《芝峰類說》云：「古人曰：詩以意爲主，又須篇中鍊句，句中鍊字，乃得工耳。余謂此千煉成句，百鍊成字者也。故曰：吟成五字句，用破一生心。又曰：吟安一個字，撚斷幾莖髭。爲詩之難如此。」〔註 334〕

李睟光的詩論幾乎是宋人詩論，或者說也是高麗中期李奎報等人詩論的再次重複，由此可見宋人「尚意」觀對朝鮮詩學深刻而深遠的影響。

四、新詩造平淡

宋代詩學崇尚平淡。故袁行霈《中國文學史》云：「宋代詩壇有一個整體性的風格追求，那就是以平淡爲美。」〔註 335〕

如果追溯「平淡」詩學的源頭，可以到鍾嶸《詩品》中。鍾嶸在「中品」部分評論郭璞詩爲「始變永嘉平淡之體」，其《詩品序》還就「永嘉詩體」作了解釋：「永嘉時，貴黃老，稍尙虛談。於時篇什，理過其辭，淡乎寡味，爰及江表，微波尙傳，孫綽、許詢、桓、庾諸公詩，皆平典似道德論，建安風力盡矣。」一般認爲，這正是宋代詩論所喜歡談論的「平淡」的原型。〔註 336〕

唐代對「平淡」詩風論述不多，但是晚唐司空圖《二十四詩品》

〔註 333〕《六一詩話》，《歷代詩話》267 頁。

〔註 334〕《芝峰類說》卷九《文章部二》。

〔註 335〕袁行霈主編《中國文學史》（第三卷），高等教育出版社，2003 年版，第 17 頁。

〔註 336〕〔日〕橫山伊勢雄，張寅彭譯《從宋代詩論看宋詩的「平淡體」》，《文藝理論研究》，1998 年第 3 期。

中有「沖淡」一條，曰「飲之太和，獨鶴與飛。猶之惠風，荏苒在衣」〔註 337〕，這與「平淡」的意思並無二致。而「沖淡」是貫穿《二十四詩品》的主導美學傾向，其對宋人的影響不可小視。

然而，眞正對「平淡」詩學理論加以豐富和發展的，乃是宋代詩人。韓經太曰：「在宏觀上，中國古典詩歌的平淡美，作爲審美理想而確立於成熟的理論自覺之中，應該說，是自宋代開始的。」〔註 338〕而梅堯臣又毫無疑問是最早把這一理論加以弘揚之人，他說「作詩無古今，唯造平淡難」，這成爲宋詩「平淡」詩論的經典描述。歐陽修在《梅聖愈墓誌銘》中稱梅堯臣作詩「初喜爲清麗、閒肆、平淡……」〔註 339〕並說「聖俞平生苦於吟詠，以閒遠古淡爲意，故其構思極艱。」〔註 340〕《滄浪詩話》亦曰：「梅聖俞學唐人平淡處。」〔註 341〕《苕溪漁隱叢話》又云：「聖俞詩工於平淡，自成一家。」〔註 342〕

但是，歐陽修又說梅聖俞詩「古淡有眞味」〔註 343〕，「譬如妖韶女，老自有餘態」，「初如食橄欖，眞味久愈在」。〔註 344〕顯然，宋人所說的「平淡」已經與「永嘉詩體」的平淡截然不同了。如果說，「永嘉詩體」是指玄言詩「淡而寡味」，那麼宋代詩學上的「平淡」已經是不同的美學範疇。「在宋人看來，『平淡』不是單純的拙易、平夷、樸拙和疏淡，而是平淡（拙易、平夷等）與華麗（絢麗等）或奇偉（峻激、雄偉等）的中和統一。」〔註 345〕

確實，宋人所說的「平淡」並非平易淺淡，而是如南宋葛立方所

〔註 337〕《歷代詩話》，38 頁。
〔註 338〕韓經太《中國詩學的平淡美理想》，《中國社會科學》1991 年第 3 期。
〔註 339〕《居士集》卷三十三，《歐陽修全集》第 235 頁。
〔註 340〕《六一詩話》，《歷代詩話》265 頁。
〔註 341〕《滄浪詩話・詩辯》，《歷代詩話》688 頁。
〔註 342〕《苕溪漁隱叢話》後集卷第二十四。
〔註 343〕《居士集》卷五《再和聖俞見答》，《歐陽修全集》第 35 頁。
〔註 344〕《居士集》卷二《水谷夜行寄子美聖俞》，《歐陽修全集》第 11 頁。
〔註 345〕王順娣《論宋代詩學「平淡」美的基本特徵》，《浙江師範大學學報》2008 年第 2 期。

說的「自組麗中來，落其華芬」後的平淡〔註 346〕，亦是蘇軾所說的「漸老漸熟乃造平淡。其實不是平淡，絢爛之極也。」〔註 347〕是「外枯而中膏，似淡而實美。」〔註 348〕是「發纖穠於簡古，寄至味於淡泊。」〔註 349〕因此，宋人所說之「平淡」，實乃是淡而有味也。這一觀點也得到了其他宋人的贊同，如黃庭堅尊杜，便說他到夔州後的詩「平淡如山高水深」〔註 350〕，朱熹亦稱梅堯臣詩：「枯淡之中，自有意思。」〔註 351〕

蘇軾在推崇「淡而有味」詩風的基礎上，還把陶淵明推出來作爲這種詩風的理想典型，他推崇陶淵明的詩是「質而實綺，臞而實腴，自曹、劉、鮑、謝、李、杜諸人，皆莫及也。」〔註 352〕姜夔亦推崇陶淵明的詩是「散而莊，淡而腴」。〔註 353〕其實陶淵明的詩之所以高出眾人，就是因爲平淡中自有一股韻味。陳善《捫虱新話》云：「讀淵明詩頗似枯淡，東坡晚年極好之，謂李杜不及也。此無他，韻而已。」〔註 354〕

蘇軾爲代表的宋人對「平淡」的鍾情，體現了宋人的生活態度與人文傾向。特有的時代氛圍，使宋人既厭倦仕途的風波、人世的紛擾，又不願脫離人世的享受，他們嚮往的是一種寧靜淡泊、超越塵垢之外的現實生活，一種詩意的、審美的、理想的現實生活。而反映到藝術領域，則主張自然平淡，反對矯揉造作和裝飾雕琢。

然而，欲平淡卻並非易事。《冷齋夜話》引用東坡的話說：

〔註 346〕《韻語陽秋》卷一，《歷代詩話》第 483 頁。
〔註 347〕《蘇軾佚文匯編》卷四《與二郎一首》，見《蘇軾文集》，第 2523 頁。
〔註 348〕《蘇軾文集》卷六十七《評韓柳詩》，第 2109 頁。
〔註 349〕《蘇軾文集》卷六十七《書黃子思詩集後》，第 2124 頁。
〔註 350〕《宋黃文節公全集》正集卷十八《與王觀復書三首》之二，第 471 頁。
〔註 351〕《詩人玉屑》卷六「命意」條。
〔註 352〕《蘇軾佚文匯編》卷四《與子由六首》之五，《蘇軾文集》第 2514 頁。
〔註 353〕姜夔《白石道人詩說》，《歷代詩話》（下冊），第 680 頁。
〔註 354〕《捫虱新話》上集卷一。

> 淵明詩初看若散緩，熟看有奇句。如「日暮巾柴車，路暗光已夕。歸人望煙火，稚子候簷隙。」又曰：「採菊東籬下，悠然見南山。」又曰：「靄靄遠人村，依依墟裏煙。犬吠深巷中，雞鳴桑樹顛。」大率才高意遠，則所寓得其妙，造語精到之至，遂能如此。似大匠運斤，不見斧鑿之痕。不知者困疲精力，至死不之悟。〔註 355〕

蘇軾認爲，陶淵明詩散淡閒遠，看上去似乎沒什麼新奇之處，然而實際上卻是「造語精到」，絕非一般人所能爲，必須「才高意遠」之人，方能「所寓得其妙」。因此，造語平淡並非易事。這一點，宋人也深有體會。如梅堯臣以「苦詞未聞圓，刺口劇菱芡」表明「欲造平淡難」。〔註 356〕周紫芝《竹坡詩話》亦認爲「作詩到平淡處，要似非力所能。」〔註 357〕而王安石《題張司業詩》「看似尋常最奇崛，成如容易卻艱辛」〔註 358〕則可謂是對「造語平淡」艱辛過程的生動描述。

之所以如此之難，乃是因爲「平淡」與寫作技巧無關，它是一種思想成熟後的自然狀態，而不是人爲努力的結果。張海鷗在《步入老境——北宋詩的發展趨勢》一文中，曾這樣概括說：「以思想而論，平淡是在不慕榮華富貴、淡漠功名、超脫世俗的前提下才能達到的境界，因而它通常是人到晚年的精神境界；以藝術而論，平淡也通常是在『豪華落盡』之後才能擁有的神韻，因而它也通常是一個作家成熟之後的風格特徵。」〔註 359〕所以，沒有一定的成熟，是無法做到眞正的「平淡」的，這也就是爲什麼隨著年齡的漸長，詩人的詩作風格往往會趨於平淡的緣故。而把「平淡」作爲宋詩的一個重要特色，也與宋詩相對於唐詩而言，正處於步入「老境」的過程有關。所謂「老

〔註 355〕《冷齋夜話》卷一「東坡得陶淵明之遺意」。
〔註 356〕《詩人玉屑》卷十「平淡」。
〔註 357〕《歷代詩話》(上冊)，第 348 頁。
〔註 358〕《臨川先生文集》卷三十一，341 頁。
〔註 359〕張海鷗《步入老境——北宋詩的發展趨勢》，《廣州大學學報》，1990 年第 2 期。

境」，特徵就是「襟懷淡泊、思致細密、情意深邃」。在這種心境下，「唐代詩作中那種一瀉千里、一覽無餘的青春色彩和毫無羈絆、大氣磅礴的氣象，爲一種寓豪邁悲歌、慷慨淒涼於簡約平淡的審美風格所替代。」〔註360〕

受宋代詩學影響的高麗漢詩也對「平淡」展開了一定的探討，並且也是從評論梅堯臣開始的。李奎報《論詩說》曰：

> 予昔讀梅聖俞詩，私心竊薄之，未識古人所以號詩翁者。及今閱之，外若苶弱，中含骨鯁，眞詩中之精雋也。知梅詩然後可謂知詩者也。……又陶潛詩，恬淡和靜，如清廟之瑟，朱弦疏越，一唱三歎。予欲效其體，終不得其彷彿，尤可笑已。〔註361〕

李奎報評價梅堯臣的詩是「外若苶弱，中含骨鯁」，這是從語言和內容兩方面來說的。梅堯臣詩歌的語言不事雕琢，自然枯淡，故而顯得「苶弱」。而「骨鯁」一般是用來形容人剛正忠直的品格，體現在詩作中，便是作者的眞摯情感與思想。李奎報說梅詩「中含骨鯁」，就是肯定梅詩「平淡」的外表下有深厚的思想內容。李奎報認爲，這才是「詩中之精雋」，也就是眞正的詩。李奎報說他年輕的時代並不喜歡梅堯臣詩，而到了晚年才開始意識到梅詩的價值，這既反映了一個詩人的正常認識與理解過程，同時也反映了高麗詩風的轉變過程。在李奎報的年輕時代，正是處於晚唐詩風向宋詩風轉變的時候，浮豔之風並未完全消退。所以，很多詩人「雕鏤其文，丹青其句，信麗矣，然中無含蓄深厚之意。則初若可玩，至再嚼則味已窮矣。」〔註362〕而當以蘇軾、黃庭堅爲代表的宋詩已經爲高麗士人所喜好時，以李奎報爲代表的高麗詩人則把擯落繁華、自然

〔註360〕張毅《宋代文學思想史》，北京：中華書局，2005年，第82頁。

〔註361〕《東國李相國全集》卷二十一《論詩說》，《韓國文集叢刊》第一冊，509頁。

〔註362〕《東國李相國全集》卷第二十二《論詩中微旨略言》。

平淡開始作爲了一種詩學追求。

因爲眞正理解了梅詩的精髓，李奎報也如蘇軾一樣，對陶淵明仰慕不已，以至仿傚他的詩作。他讚揚陶淵明的詩雖「恬淡和靜」，但是卻「一唱三歎」，耐人尋味，這與蘇軾所言「質而實綺，臞而實腴」實異曲同工。又李奎報《讀陶潛詩》云：

> 吾愛陶淵明，吐語淡而粹。常撫無弦琴，其詩一如此。至音本無聲，何勞弦上指。至言本無文，安事雕鑿費。平和出天然，久嚼知醇味。解印歸田園，逍遙三徑裏。無酒亦從人，頹然日日醉。一榻臥羲皇，清風颯然至。熙熙大古民，岌岌卓行士。讀詩想見人，千載仰高義。〔註363〕

李奎報此詩依然是表達自己對陶淵明的仰慕之情。他概括陶淵明的詩語特徵是「淡而粹」，並以「至音無聲」「至言無文」來比喻陶詩寓精妙於平淡中的特點。他認爲，眞正的好詩，無須雕琢，眞正的平淡，亦不是無味，而應該是「久嚼知醇味」，也就是要能讓人慢慢會體會到詩中所蘊含的東西。

李奎報對「平淡」的詩學追求，還可以從其對白居易的推崇上體現出來。他說：「白公詩，讀不滯口，其詞平淡、和易，……亦一家體也。」此外，他也非常喜歡王禹偁，而王禹偁正是宋初「白體詩」的代表人物。（見第一章第三節）所以，從其對梅堯臣、陶淵明以及白居易、蘇軾、王禹偁等詩人的鍾愛，我們也可以判斷出其詩學上的主要傾向。

同樣，李仁老也認識到了「平淡」的可貴，《破閑集》卷中云：「夫得道者之辭，優游閒淡，而理致深遠，雖禪月之高逸，參寥之清婉，豈是過哉？此古人所謂『如風吹水，自然成文』」。他還在《臥陶軒記》中對陶淵明「不尙藻飾」的詩風推崇有加：

〔註363〕《東國李相國全集》卷十四，《韓國文集叢刊》第一冊，439頁。

> 夫陶潛，晉人也，僕生於相去千有餘歲之後，語音不相聞，形容不相接，但於黃卷間，時時相對，頗熟其爲人。然潛作詩，不尚藻飾，自有天然奇趣。似枯而實腴，似疎而實密，詩家仰之，若孔門之視伯夷也。而僕呻吟至數千篇，語多滯澀，動有痕纇。〔註364〕

李仁老雖然晚於陶淵明一千多年，但是他卻通過閱讀陶淵明的詩歌而瞭解了他。他概括陶淵明詩作的特點是「似枯而實腴，似疎而實密」，這個觀點很可能就是從蘇軾那裡得來的。李仁老對陶詩「不尚藻飾」卻有「天然奇趣」的風格極爲推崇，以至自我檢討自己的上千首詩作仍然不夠自然，因爲「語多滯澀，動有痕纇」。從這裡，我們也可以看出，高麗詩人在追求陶詩「平淡」之途上的艱辛，一如宋人那般。

崔滋《補閑集》也有一段記載，可以看做高麗中期以後，詩風偏向於「平淡」的例證：

> 麟州有妓名白蓮者，貞肅公常奉使過此州睠之，別後寄詩云……公復贈一絕云：「城南城北碧重重，疑是巫山十二峰。白髮未成雲雨夢，玉顏都不損春容。」李眉叟戲龍灣使君慕妓白蓮云：「風暖鶯嬌客路邊，千紅百紫競爭妍。使君卻厭春光鬧，獨向秋塘賞白蓮。」李詩華豔，未若金詩清婉。〔註365〕

崔滋比較了金仁鏡與李仁老的兩首詩，認爲李仁老的是比較華豔，而金仁鏡的詩則比較清婉，而他的評價則是「華豔」不如「清婉」。作爲高麗中期的詩話著作，其論點實在具有一定的代表性。

高麗末期，對平淡詩風的偏好並未停止，這或許不能排除理學的影響。比如李齊賢借稱讚友人，道出其對「蘊藉其文，平淡其詩」的喜歡。〔註366〕他並且說道：「古人之詩，目前寫景，意在言外，言可

〔註364〕《東文選》卷六十五。
〔註365〕《補閑集》卷下，《域外詩話珍本叢書》第八冊，158頁。
〔註366〕《益齋亂稿》卷九下《安謙齋眞贊》，《韓國文集叢刊》第二冊，603頁。

盡而味無窮。若陶彭澤『採菊東籬下，悠然見南山』、陳簡齋『開門知有雨，老樹半身濕』之類是也。」〔註 367〕

李齊賢所言「言外之意」的理念，正是來自梅堯臣。《六一詩話》引述梅堯臣的話說：「詩家雖率意，而造語亦難。若意新語工，得前人所未道者，斯爲善也。必能狀難寫之景，如在目前，含不盡之意，見於言外，然後爲至矣。」這段話雖沒有提及「平淡」，但是卻是「平淡」的最高境界。所謂「不盡之意」恰如那需要反覆咀嚼方能得到的「韻味」，也就是陶詩「質而實綺，臞而實腴」之平淡味。

高麗末期很多詩人的作品都有趨於平淡的傾向，如閔思平的詩被認爲是「造語平淡，而用意精深。」〔註 368〕「似淡而非淺，似麗而非靡，措意良遠，愈讀愈有味」。〔註 369〕而金九容亦崇尚平淡，「詩法絕類及庵」。〔註 370〕李崇仁的詩則被認爲是「命意深遠於雅淡之際」。〔註 371〕

對「平淡」探討最多的是李穡，他首先認爲「平淡」勝過雕琢，即所謂「吟詩足幽味，淡泊勝膏腴」。〔註 372〕一篇好詩並不在於絢麗的辭藻和聲律，而在於「平淡」中，所以他說：「正聲不在鏗鏘外，至味當求淡泊中」。〔註 373〕又說：「平淡由來少味，清新卻是多姿。斧鑿了無痕迹，悠然採菊東籬。」〔註 374〕

在實際創作中，李穡也是把「平淡」作爲自己的追求。如「舊句閒餘加潤色，新詩淡處著工夫。」〔註 375〕「排此新詩造平淡，老來

〔註 367〕《櫟翁稗說》後集卷一。
〔註 368〕《牧隱文稿》卷十三《題愓若齋學吟後》,《韓國文集叢刊》第五冊，109 頁。
〔註 369〕《牧隱文稿》卷九《及庵詩集序》，同上，68 頁。
〔註 370〕《牧隱文稿》卷十三《題愓若齋學吟後》。
〔註 371〕張溥《陶隱集跋》,《韓國文集叢刊》第六冊，519 頁。
〔註 372〕《牧隱詩稿》卷二十《曉吟》,《韓國文集叢刊》第四冊，261 頁。
〔註 373〕《牧隱詩稿》卷十一《南窗》，同上，99 頁。
〔註 374〕《牧隱詩稿》卷七《即事 九首》，同上，39 頁。
〔註 375〕《牧隱詩稿》卷十一《吟詩有感》，同上，98 頁。

身世盡悠悠。」〔註 376〕追求平淡必然反對逞怪顯奇的風氣，所以他又說「攤飯南窗日影移，更攜毛穎寫新詩。漸教氣味回平淡，已厭機關逞怪奇。萬疊山横天盡處，數枝梅動雪殘時。幅巾直欲尋春去，偶得由來勝苦思。」〔註 377〕在李穡看來，眞正的好詩不是靠冥思苦想追求「險怪」得來的，而是依靠偶然得來，自然成文。因此，要做到「平淡」並非易事，所謂「清苦浮華是兩家，風花冰檗似恒沙。欲趨平淡成枯槁，坐到晨鐘又暮鴉。」〔註 378〕「朝來危坐便題詩，未必衰年耐苦思。有興宛然成好句，只愁平淡格還卑。」〔註 379〕

從這些詩句當中，我們能感受到高麗詩人對「平淡」詩風的執著追求，也能由此可見在宋詩影響下，高麗漢詩欲「平淡其詩」的詩學方向。

五、詩中尚用事

中國詩學中最早提出「用事」的當爲劉勰，其在《文心雕龍》中云:「事類者，蓋文章之外，據事以類義，援古以證今者也。」〔註 380〕不過，魏晉南北朝時，詩學中對用事並不贊同。鍾嶸《詩品序》曾言:「至乎吟詠情性，亦何貴於用事?」「古今勝語，多非補假，皆由直尋。」並批評「大明、泰始中，文章殆同書抄」。到了唐代，詩人對用事依然並不熱衷，比如王昌齡《詩格》曰:「用事不如用字也」。〔註 381〕齊己《風騷旨格》言:「一曰上格用意。二曰中格用氣。三曰下格用事。」〔註 382〕齊己很明顯地表達了重意輕事的態度。

用事受到詩人的重視，是在宋代。面對唐詩的偉大高峰，詩人們

〔註 376〕《牧隱詩稿》卷二十二《遣興》，同上，291 頁。
〔註 377〕《牧隱詩稿》卷二十七《南窗》，同上，388 頁。
〔註 378〕《牧隱詩稿》卷十七《紀事》，同上，213 頁。
〔註 379〕《牧隱詩稿》卷二十三《朝來》，同上，310 頁。
〔註 380〕《文心雕龍注》卷八《事類第三十八》，人民文學出版社，1958 年，614 頁。
〔註 381〕《中國歷代詩話選》，嶽麓書社，1985 年，40 頁。
〔註 382〕同上，105 頁。

有意別出心裁，在藝術技巧等形式上做文章。特別是宋代文人大多具有較高的文化修養，飽讀詩書，因此，「用事」便成爲在詩中體現自己學識的一種手段。比如，歐陽修雖然認爲「用事」於詩體「是學者之弊」，但是也爲這樣的詩人辯護曰：「蓋其雄文博學，筆力有餘，故無施而不可，非如前世號詩人者，區區於風雲草木之類，爲許洞所困者也。」〔註 383〕

顯然，以歐陽修爲代表的宋代詩人對用事的態度開始發生改變了。由蘇、黃所開拓的宋詩風格，其重要特徵之一，就是大量用典。無論是詩歌中用典的數量還是用典的技巧、方式都遠超過前代。呂本中云：「老杜歌行與長韻律詩，後人莫及；而蘇黃用韻、下字、用故事處，亦古所未到。」〔註 384〕翁方綱則曰：「夫蘇之妙處，固不在多使事，而使事亦即其妙處。」〔註 385〕

詩歌中可以用事，這幾乎成爲宋代詩人的一種共識。而宋代詩學批評的要點就在於用事能否用好。無論是蘇軾的「用事當以故爲新」，還是黃庭堅的「點鐵成金」都反映出宋人在用事方面的探索。吳沆《環溪詩話》云：「詩人豈可以不用事，然善用之，即是使事；不善用之，則反爲事所使。事只是眾人家事，但要人會使。」〔註 386〕確實，用事作爲宋詩的特色，其主要目的還是在於營造一種博奧典雅的境界。宋代詩人運用成語典故，主要是爲了在有限的篇章中盡可能多地容納更豐富、更深刻的意思，如此，詩的作者自然也就顯得博學強記、高深莫測。而這樣的詩只有學者型的詩人才有可能寫好，同時也要求欣賞者有較高的文化藝術修養。

宋代詩學對用事提出的第一個要求便是創新，切不可蹈襲。蘇軾

〔註 383〕《六一詩話》，《歷代詩話》270 頁。

〔註 384〕《詩話總龜》後集卷三十一「格致門」引《呂氏童蒙訓》，人民文學出版社，1987 年版，第 194 頁。

〔註 385〕《石洲詩話》卷三，叢書集成初編本，第 54 頁。

〔註 386〕《環溪詩話》卷下，《冷齋夜話・風月堂詩話・環溪詩話》，中華書局，1988 年，第 137 頁。

云：「詩須要有為而作，用事當以故為新，以俗為雅」。〔註 387〕蔡寬夫也借王安石的話說：「詩家病使事太多，蓋皆取其與題合者類之，如此乃是編事，雖工何益！若能自出己意，借事以相發明，情態畢出，則用事雖多，亦何所妨。」〔註 388〕而黃庭堅更是在用事上既追求「無一字無來歷」，更是追求用事「新奇」，以致魏泰直接批評黃庭堅「專求古人未使之事，又一二奇字，綴葺而成詩」〔註 389〕

而對於用事的最高境界，那便是如蔡絛《西清詩話》所引杜甫語：「作詩用事，要如釋氏語：水中著鹽，飲水乃知鹽味。」〔註 390〕劉攽《中山詩話》認為，詩歌如果用事當「能令事如己出，天然渾厚，乃可言詩」。〔註 391〕《冷齋夜話》卷四云：「用事琢句，妙在言其用，不言其名耳。」〔註 392〕周紫芝《竹坡詩話》言：「凡詩人作語，要令事在語中而人不知。」〔註 393〕葉夢得《石林詩話》卷上也提出：「詩之用事，不可牽強，必至於不得不用而後用之，則事詞為一，莫見其安排鬭湊之迹。」〔註 394〕

總而言之，用事理論在宋代得到了很充分的討論，《詩人玉屑》還專門列了「用事」一章。宋代詩人們「在對具體詩人詩作用事的論評中，對詩歌用事的原則及其要求，詩歌用事的方式及其內涵、審美效果等有所抽繹，首次較為系統地從理論上對詩歌用事予以了規範和闡釋。」〔註 395〕

〔註 387〕《蘇軾文集》卷六十七《題柳子厚詩二首》（之二），第 2109 頁。
〔註 388〕郭紹虞《宋詩話輯佚》，北京：中華書局，1980 年版，第 419 頁。
〔註 389〕《臨漢隱居詩話》，《歷代詩話》（上冊），第 425 頁。
〔註 390〕張伯偉《稀見本宋人詩話四種》，江蘇古籍出版社，2002 年，第 187 頁。
〔註 391〕《歷代詩話》298 頁。
〔註 392〕陳新點校《冷齋夜話・風月堂詩話・環溪詩話》，北京：中華書局，1988 年，第 37 頁。
〔註 393〕《歷代詩話》第 346 頁。
〔註 394〕同上，第 413 頁。
〔註 395〕胡建次《宋代詩話中的用事論》，《上海師範大學學報》，2004 年第 5 期。

用事理論對高麗漢詩的影響也極爲深遠。高麗中期，受蘇、黃詩風的影響，漢詩創作中「用事」成爲風潮，黃庭堅之「奪胎換骨」理論也很有市場。趙鍾業先生云：「用事者何？使用故事、故語、故意之謂也。……既有用事，則必修辭追之，不然則爲盜故也。是則用事手段，不重在內容而重在形式之修辭手段也。高麗中葉詩風，因於宋詩蘇黃之影響，但特趨向於山谷換骨奪胎論者較多，其中宗主乃李仁老也。」〔註 396〕

李仁老是高麗率先提出「奪胎換骨」理論的詩人，其在《破閒集》中云：

> 詩家作詩多使事，謂之點鬼簿，李商隱用事險僻，號西崑體，此皆文章一病。近者蘇黃崛起，雖追尚其法，而造語益工，了無斧鑿之痕，可謂青於藍矣。如東坡「見說騎鯨遊汗漫，憶曾捫虱話悲辛。永夜思家在何處，殘年知爾遠來情。」句法如造化生成，讀之者莫知用何事。山谷云：「語言少味無阿堵，冰雪相看只此君」，「眼看人情如格五，心知世事等朝三」，類多如此。吾友耆之亦得其妙，如「歲月屢驚羊胛熟，風騷重會鶴天寒」，「腹中早識精神滿，胸次都無鄙吝生」，皆播在人口，眞不愧於古人。〔註 397〕

李仁老首先批評「作詩多使事」，這就是所謂的「點鬼簿」。「點鬼簿」一語最早出自張鷟《朝野僉載》卷六：「時楊（楊炯）之爲文，好以古人姓名連用，如『張平子之略談，陸士衡之所記』，『潘安仁宜其陋矣，仲長統何足知之』。號爲點鬼簿。」《詩人玉屑》也引唐代佚名所作的《玉泉子》云：「王、楊、盧、駱有文名，人議其疵曰：『楊好用古人姓名，謂之點鬼簿。』」〔註 398〕後來「點鬼簿」不僅用來指譏刺詩文中濫用古人姓名，還用來指詩文中堆砌故實。《詩人玉屑》引用

〔註 396〕 趙鍾業《中韓日詩話比較研究》，臺灣學海出版社，1984 年，第 387 頁。
〔註 397〕 《破閒集》卷下，《域外詩話珍本叢書》第八冊，36 頁。
〔註 398〕 《詩人玉屑》卷十一「詩病」。

《類苑》語云：「魯直善用事，若正爾塡塞故實，舊謂之點鬼簿，今謂之堆垛死屍。如詠猩猩毛筆詩云：『平生幾兩屐，身後五車書。』又云：『管城子無食肉相，孔方兄有絕交書。』精妙穩密，不可加矣。常以此語反三隅也。」〔註 399〕

《類苑》所舉黃庭堅詩句出自《和答錢穆父詠猩猩毛筆》一詩：「愛酒醉魂在，能言機事疏。平生幾兩屐，身後五車書。物色看王會，勳勞在石渠。拔毛能濟世，端爲謝楊朱。」〔註 400〕據楊萬里《誠齋詩話》，「平生幾兩屐，身後五車書」，這短短十個字中就包含了四個典故。首先，「平生」，出自《論語》；其次，「身後」，出自晉代張翰，他有「使我有身後名」語。〔註 401〕第三，「幾兩屐」出自晉代阮孚。《世說新語》云：「祖士少好財，阮遙集好屐，並恒自經營。同是一累，而未判其得失。人有詣祖，見料視財物，客至，屛當未盡，餘兩小簏，著背後，傾身障之，意未能平。或有詣阮，見自吹火蠟屐，因歎曰：『未知一生當著幾量屐？』神色閑暢，於是勝負始分。」〔註 402〕第四，「五車書」，指惠施，《莊子・天下》云：「惠施多方，其書五車」。〔註 403〕

再如「管城子無食肉相，孔方兄有絕交書」一聯，出自黃庭堅《戲呈孔毅父》：「管城子無食肉相，孔方兄有絕交書。文章功用不經世，何異絲窠綴露珠？校書著作頻詔除，猶能上車問何如。忽憶僧床同野飯，夢隨秋雁到東湖。」〔註 404〕詩中管城子、食肉相、孔方兄、絕交書，都是典故。管城子，乃是指毛筆。韓愈《毛穎傳》中有語曰：

〔註 399〕《詩人玉屑》卷七「用事」。

〔註 400〕《宋黃文節公全集》正集卷六，129 頁。

〔註 401〕《世說新語》卷下《任誕第二十三》：「張季鷹縱任不拘，時人號爲江東步兵。或謂之曰：『卿乃可縱適一時，獨不爲身後名邪？』答曰：『使我有身後名，不如即時一杯酒！』」

〔註 402〕《世說新語》卷中《雅量第六》。

〔註 403〕楊萬里《誠齋詩話》：「詩家用古人語，而不用其意，最爲妙法。如山谷《猩猩毛筆》是也。猩猩喜著屐，故用阮孚事。其毛作筆，用之鈔書，故用惠施事。二事皆借人事以詠物，初非猩猩毛筆事也。」見《歷代詩話續編》140、141 頁。

〔註 404〕《宋黃文節公全集》正集卷四，90 頁。

「秦皇帝使（蒙）恬賜之湯沐，而封諸管城，號管城子。」這是把毛筆擬人化。食肉相，是指榮華富貴之相。據《後漢書・班超傳》載，有相人說班超是「燕頷虎頸，飛而食肉，此萬里侯相也」。〔註405〕孔方兄是指錢，語出晉代魯褒《錢神論》:「親愛如兄，字曰孔方。」絕交書則是出自嵇康《與山巨源絕交書》。

這種用事太多的做法，用不好就容易成爲堆砌典故的「點鬼簿」，就如蔡寬夫借王安石的話所批評的那樣：「雖工何益！」但是，若能如蘇、黃那樣，巧妙用事，使人不知覺，則會受到一致稱讚，就像《類苑》所誇讚的「精妙穩密，不可加矣」。

李仁老反對「點鬼簿」式的堆砌典故做法，並對「用事險僻」提出了批評，認爲乃是「文章一病」。但是，他認爲蘇、黃用事「造語益工，了無斧鑿之痕」，「讀之莫知何事」。這種「無斧鑿痕」的用事方法讓他大爲折服，也可以說是高麗詩人所追求的作詩最高境界。比如《破閑集》記載了這樣一個故事：

> 西河耆之倦遊，僑泊星山郡，郡倅飽聞其名，送一妓薦枕，及晚逃歸，耆之悵然作詩曰：「登樓未作吹簫伴，弄月空爲節藥仙。不怕長官嚴號令，謾嗔行客惡因緣。」其用事益精，此古人所謂「甕金結繡，而無痕迹」。（《破閑集》卷下）

「甕金結繡，而無痕迹」出自五代王定保《唐摭言》卷十《海敘不遇》:「趙牧不知何許人。大中、咸通中，斅李長吉爲短歌，可謂甕金結繡，而無痕迹。」此語用來形容文章精美，結構嚴密。李仁老是以此語來讚美林椿詩作用事之妙。在《破閑集》中誇讚用事精妙的地方還有很多，如：

> 士子朴元凱，少穎悟不群，年甫十一作啓事，上冢宰崔允儀，乞敘父官云：……及長，赴司馬試，放題「國者

〔註405〕《後漢書》卷四十七・班梁列傳第三十七。

至公之器」詩，乃曰：「高舜難傳子，商周得以功。」使事精妙如此，果擢第。爲一時聞人。（卷下）

時康先生日用，詩名動天下，上心佇觀其作，燭垂盡才得一聯，袖其紙伏御溝中。上命小黃門遽取之，題云：「頭白醉翁看殿後，眼明儒老倚欄邊。」其用事精妙如此。上歎賞不已曰：「此古人所謂『白頭花鈿滿面，不若西施半妝』」。慰諭遣之。（卷上）

可見，「用事精妙」而無痕迹，是李仁老所追求的詩學目標。而要做到這一點，「琢句」便格外重要，所謂「造語益工」正是指此。李仁老《破閒集》曰：

琢句之法，唯少陵獨儘其妙，如「日月籠中鳥，乾坤水上萍」、「十暑岷山葛，三霜楚戶砧」之類是已。且人之才如器皿，方圓不可以該備，而天下奇觀異賞，可以悅心目者甚夥，苟能才不逮意，則譬如駑蹄臨燕越千里之途，鞭策雖勤，不可以致遠。是以古之人，雖有逸才，不敢妄下手，必加煉琢之工，然後足以垂光虹蜺，輝映千古。至若旬鍛季煉，朝吟夜諷，撚鬚難安於一字，彌年只賦於三篇，手作敲推，直犯京尹，吟成大瘦，行過飯山，意盡西峰，鐘撞半夜，如此不可縷舉。及至蘇黃，則使事益精，逸氣橫出，琢句之妙，可以與少陵並駕。〔註 406〕（卷上）

李仁老不僅對如何用事進行了認眞而嚴肅的探討，同時，他也在創作中積極地加以實踐。我們舉其在《破閒集》中的一首詩爲例：

恒陽子眞出倅關東，夫人閔氏悍妒無比，有女隸頗姿色，勿令近之。子眞曰：「此甚易耳。」乃與邑人換牛蓄之。僕聞之，戲成一絕：「湖上鶯飛杳不還，江皐佩冷欲尋難。園桃巷柳今何在，只有欄邊黑牧丹。」〔註 407〕

〔註 406〕《破閒集》卷上，《域外詩話珍本叢書》第八冊，11～12 頁。
〔註 407〕《破閒集》卷上，《域外詩話珍本叢書》第八冊，3 頁。

李仁老在這則故事中，記述了他自己的一首詩，只有四句，但是卻句句用典。「湖上鶯飛杳不還」一句使用了唐代戎昱的故事，相傳戎昱搬家時，對故居的一草一木難捨難分，於是作詩一首曰：「好是春風湖上亭，柳條藤蔓繫離情。黃鶯久住渾相識，欲別頻啼四五聲。」〔註408〕「江皋佩冷欲尋難」一句則使用了唐代鄭交甫的故事，事見《列仙傳》；〔註409〕「園桃巷柳今何在」用的是唐韓愈的故事，相傳韓愈養有兩個侍妾，一個叫做絳桃，另一個叫做柳枝，很是寵愛。當韓愈在外時，還不忘寄詩給她們：「風光欲動別長安，春半城邊特地寒。不見園花兼巷柳，馬頭惟有月團團。」〔註410〕後來柳枝與人私奔，韓愈又有詩曰：「別來楊柳街頭樹，擺弄春風只欲飛。還有小園桃李在，留花不發待郎歸。」〔註411〕看來李仁老對韓愈的野史也是非常瞭解。而「黑牡丹」則是指代牛，源於唐朝末年劉訓的典故。〔註412〕

又如李仁老《仰岩寺》詩云：「前壓蒼波後翠岩，蕭蕭蘆葦半松杉。謝公遺興唯雙屐，張翰歸心滿一帆。只要緱山鞭皓鶴，不須湓浦泣青衫。十洲三島遨遊遍，自愧飄然骨換凡。」〔註413〕這首七言律詩至少有四處用典，如「謝公遺興唯雙屐」用的是謝靈運的故事，《宋書．謝靈運傳》中說他熱衷於賞覽丘壑之美，爬山時總喜歡穿一種木底鞋，「上山則去前齒，下山去其後齒」，十分方便，如履平地。〔註414〕「張翰

〔註408〕《全唐詩》卷二百七《移家別湖上亭》。

〔註409〕《列仙傳》卷上《江妃二女》：「江妃二女者，不知何所人也。出遊於江漢之湄，逢鄭交甫。見而悅之，不知其神人也。謂其僕曰：『我欲下，請其佩。』……遂手解佩與交甫。交甫悅愛而懷之中當心，趨去數十步，視佩，空懷無佩。顧二女，忽然不見。」

〔註410〕《全唐詩》卷三四四《夕次壽陽驛題吳郎中詩後》。

〔註411〕同上，《鎮州初歸》。

〔註412〕《蘇軾詩集》卷二十五《墨花》詩：「獨有狂居士，求爲黑牡丹。」王文誥輯注引程縯曰：「唐末劉訓者，京師富人。梁氏開國，嘗假貸以給軍。京師春遊，以觀牡丹爲勝賞，訓邀客賞花，乃係水牛數百在前，指曰：『劉氏黑牡丹也。』」1354頁。

〔註413〕《東文選》卷十三。

〔註414〕《宋書》卷六十七．列傳二十七．謝靈運傳：（謝靈運）「常著木屐，

歸心滿一帆」用的是晉張翰的故事；〔註 415〕「只要緱山鞭皓鶴」則是王子喬的故事，出自劉向《列仙傳》；〔註 416〕而「不須湓浦泣青衫」顯然是出自白居易《琵琶行》中。

李仁老的創作傾向可以說代表了高麗中期的詩歌創作風尚，即重視在詩中使用典故。此後，崔滋在《補閑集》中也對「用事」進行了探討。崔滋認爲：「大抵體物之作，用事不如言理，言理不如形容，然其工拙，在構意造辭耳。」〔註 417〕顯然，崔滋強調「構意」，而對「用事」的評價並不高。崔滋還認爲「凡詩人用事，不必泥其本，但寓意而已」。〔註 418〕他的觀點與楊萬里在《誠齋詩話》中所表述的「詩家用古人語，而不用其意，最爲妙法」完全一致。崔滋還借文安公俞升旦的話，規定了用事的取材範圍，那就是「凡爲國朝製作引用古事，於文則六經三史，詩則文選李杜韓柳，此外諸家文集，不宜據引爲用。」〔註 419〕

此外，崔滋與李仁老一樣，也強調「琢煉之功」和「用事精妙」。如崔滋《補閑集》曰：「蔡拾遺寶文名重一時，觀其詩，遒麗無雕琢之痕。」〔註 420〕而要做到「無斧鑿痕」，琢煉之功便格外重要，崔滋便讚賞李仁老「言皆格勝，使事如神，雖有躡古人畦畛處，琢煉之巧，青於藍也。」〔註 421〕這與李仁老在《破閑集》中肯定蘇黃「青出於藍」如出一轍。

上山則去前齒，下山則去後齒。」

〔註 415〕《世說新語》卷中《識鑒第七》：「張季鷹辟齊王東曹掾，在洛，見秋風起，因思吳中菰菜羹、鱸魚膾，曰：『人生貴得適意爾，何能羈宦數千里以要名爵？』遂命駕便歸。」

〔註 416〕《列仙傳》卷上《王子喬》：「王子喬者，周靈王太子晉也。好吹笙，作鳳凰鳴，遊伊、洛之間，道士浮邱公接以上嵩高山。三十餘年後求之於山上，見桓良曰：『告我家七月七日待我於緱氏山巔』。至時果乘白鶴駐山頭，望之不得到，舉手謝時人，數日而去。」

〔註 417〕《補閑集》卷中，《域外詩話珍本叢書》第八冊，101 頁。

〔註 418〕同上，108 頁。

〔註 419〕同上，128 頁。

〔註 420〕《補閑集》卷上，《域外詩話珍本叢書》第八冊，84 頁。

〔註 421〕《補閑集》卷中，《域外詩話珍本叢書》第八冊，94 頁。

又《補閒集》卷中云：「金翰林《李花》云：『淒風冷雨濕枯根，一樹狂花獨放春。無奈異香來聚窟，漢宮重見李夫人。』李學士眉叟《李花》云：『曾將玉鹿駕雲車，入處瓊宮十八餘。樹下初生因作姓，從茲仙李便扶踈。』……《李花》兩首，用事有深淺，優劣自分。眉叟但言李，不言花，雖用事深，何工？」

崔滋對用事的優劣之分，實際上就是用事「工」與「不工」的區分。李仁老的《李花》詩與金翰林的《李花》詩比，缺點在於堆砌典實，卻沒有切題。而用事切題是用事成功與否的關鍵，《漫叟詩話》曾讚揚「東坡最善用事，既顯而易讀，又切當」。〔註422〕而李仁老的作品就屬於「不切當」。同樣的例子，還有一則：

> 李學士眉叟使大金，次韻漁陽懷古云：「槿花低映碧山峰，卯酒初酣白玉容。舞罷霓裳歡未足，一朝雷雨送豬龍。」……眉叟用事，必以辭語清新，然槿花事語新而意不切，其次韻峰龍兩字甚佳。(《補閒集》卷中)

崔滋再次批評李仁老用事不當，可見對高麗詩人來說，如何在詩中用好典故確實不是一件容易的事。同時，崔滋還強調用事的新意，但是前提也必須是在用事切當的情形下。他說：「凡用故事不同，或名號或言行，大抵用事之聯，罕有新意，唯假借爲用，如有新意然失實。眉叟云：『老去陶潛方止酒，慵多杜叟不梳頭』，此用古人名。又云：『附熱肯追冰氏子，絕交偏恨孔方兄』，此假用名。又云：『要作洞中秦博士，何須墓上漢征西』。用古人官。……詩家貴借用，然用之不工，則意反而語生。」〔註423〕又「文烈公菊花云：『一夜秋風萬樹空，菊花才發兩三叢。樊素無情逐春去，朝雲獨自伴蘇公』。……李學士重九後云：『莫將殘豔怨居諸，一掬秋香久尚餘。人意不隨時自變，龍陽何苦泣前魚。』古今多以美女比花，文烈用美人事，意雖精當，事則芻狗。眉叟用龍陽事，此詩家意外之喻，

〔註422〕《苕溪漁隱叢話》前集卷三十八．東坡一．引《漫叟詩話》。
〔註423〕《補閒集》卷下，《域外詩話珍本叢書》第八冊，133頁。

最警』。」〔註424〕

從上面事例可以看出，崔滋雖然強調用事要有新意，但是更強調用事的「切當」。如他批評詩人用事過程中，「用之不工」，最終導致了「意反而語生」。又批評文烈公之詩「意雖精當，事則芻狗」。從這些言論均可見其對如何用好典故的深入思考。

此外，反對「用事險僻」也是「切當」的應有之義。李齊賢《櫟翁稗說》曾記載這樣一件事：「先君閱山谷集，因言昔在江都，有先達李湛者爲詩，詞嚴而意新，用事險僻，與當時所尚背馳，故卒不顯，蓋學涪翁，而酷似之者也。」〔註425〕「用事險僻」必然不能爲大多數人所理解，很容易造成閱讀障礙，所以，這樣的做法明顯「與當時所尚背馳」。

從上述內容，我們可以看到，宋詩「用事」理論在高麗的接受與發展情況。從生疏到熟悉，從不工到工，這是高麗詩人不斷摸索的過程。當然，作爲用第二語言進行漢詩創作的高麗詩人來說，其過程必然是艱辛的，也是很難一蹴而就的。這中間出現很多不成熟，甚至是粗陋的作品也很正常。錢謙益曾批評高麗詩人學「東坡體」「每二字含七字意」〔註426〕，實際上也有指用事不當之意。但是，高麗詩人在詩學上的勤勉和謙虛的精神，以及對宋詩開放的學習態度，必然會使其逐步達到純熟和自然的境地，就如李穡所言：「鍊句煉意知者誰，用事用語無所師」。〔註427〕

〔註424〕《補閒集》卷中，《域外詩話珍本叢書》第八冊，101～102頁。

〔註425〕《櫟翁稗說》後集一。

〔註426〕《青莊館全書》卷五十六《盎葉記》（三）東坡體：「《有學集》跋皇華集本朝侍從之事……東國之體平衍，詞林諸公，不惜貶調而就之，以寓柔遠之意焉，故絕少瑰麗之詞。若陪臣篇什，每二字含七字意，如『國內無戈坐一人』者，乃彼國所謂『東坡體』耳，諸公勿與酬和可也。」

〔註427〕《牧隱詩稿》卷十八《昨至九齋坐松下，松陰薄……》，《韓國文集叢刊》第四冊，221頁。

結　語

宋詩爲什麼會進入高麗，在什麼時候進入了高麗，宋詩究竟在高麗漢詩發展過程中產生了哪些具體的影響？本篇論文主要圍繞著這些問題，探討高麗漢詩對宋詩接受的具體情形。

高麗漢詩對宋詩的接受，是在三個層面上展開的：文本、創作、批評。從文本流入的角度，本文希望弄清其接受宋詩的大背景；從詩歌創作的角度，希望弄清宋詩風對高麗詩風所產生的實際影響；而從詩學批評角度，則希望能找到高麗詩學與宋代詩學之間內在的脈絡聯繫。宋詩不是孤立地在發展，高麗漢詩同樣也不是孤立地發展著。

具體而言，在文本方面，宋詩的進入是與高麗文人對漢詩的熱愛分不開的。受儒家傳統教育理念的影響，高麗文人特別重視詩歌的學習。而受到自身語言的限制，他們也本能地把漢詩作爲主要的書寫選擇。上自君王，下至臣子，無不把吟詩作賦作爲日常生活中的一項主要文化活動。特別是，在唐宋科舉制的影響下，漢詩寫作成爲了高麗文人獲得自我肯定，以及獲取功名地位的一個最爲重要的途徑。這一切，都促使高麗對中國的詩歌有著極大的需求。如此，與高麗並存時間最久的宋朝，其詩人與詩集自然也成爲高麗人閱讀的主要內容。而來往於兩國之間、且有著優秀詩文才華的使節便成爲了這些書籍的最佳挑選者和引進（傳入）者。此外，來往於兩岸的商人和移民則成爲民間書籍交流的另一個重要途徑。雖然，我們無法具體得知究竟有多少宋代詩人的別集進入了高麗，但是，通過高麗文人筆下的文字，我們依然可以清晰地發現，幾乎宋代所有重要詩人的詩集都已經成爲了高麗文人的閱讀對象。於此，高麗漢詩與宋詩之間就有了直接的聯繫。高麗詩人們或者引用宋人詩句，或者次韻宋詩，或者創作集句詩，他們以各種各樣的方式來吸收和消化宋詩，這對高麗漢詩的創作產生了潛移默化的影響。因此，宋詩文本之進入高麗，是高麗漢詩與宋詩產生關聯的最爲根本的要素。

從閱讀宋人詩集，到自己的創作實踐，高麗詩人從中期便開始悄然改變著自己的詩風。促使他們對詩風加以改變的當然還有更深層次的原因。早期頹靡的晚唐詩風不斷遭到質疑，而社會動蕩所造成的災難，也讓文人在自身社會地位發生巨大變化的情況下，再也無法繼續寫出那些柔靡的文辭。變革，成爲了高麗漢詩必須面對的一個問題。而剛剛完成詩文革新的宋詩，以其異於唐詩的新面貌，呈現在高麗人面前，成爲他們直接學習的對象。可以說，這是一種機緣的巧合，也是高麗漢詩與宋詩之間的緣分。宋詩，繼唐詩之後，成爲激發高麗詩人創作熱情的又一動力。

如同任何文化的流行都需要偶像的引導一樣，蘇軾因爲其巨大的創作成就，成爲高麗詩人接受宋詩的起點。他身上所體現出來的那種博大精深的文化氣質，他所代表的儒家進取精神，以及他獨有的人格魅力，無不讓高麗文人仰慕與崇拜。而蘇軾詩歌內容上的「富贍」和風格上的「豪邁」，也給急於擺脫初期萎靡詩風的高麗詩人以極大的震撼。他們書寫蘇軾的故事，援用蘇軾的典故，和唱蘇軾的詩篇，模仿蘇軾的詩風，這一切無疑使蘇軾成爲了高麗中期最有影響力的詩人。

然而，蘇軾詩歌的天然渾成，對高麗詩人們來說還是難以把握的。他們或許可以引用他的典故，模擬他的語言，但是卻難以掌握其所代表的宋詩的精髓。對高麗詩人的實際創作眞正產生影響的還是黃庭堅。「庭堅體」成爲高麗詩人通往宋詩的捷徑。從「奪胎換骨」的詩學觀點，到尚硬求奇的語言表達，再到「字字皆有來歷」的作詩路徑，學習黃庭堅的高麗漢詩顯露出了明顯的宋詩化傾向。

到了高麗末期，隨著理學及理學詩的傳入，高麗漢詩再一次受到宋詩的影響。從「文以載道」的詩學觀念，到「抒寫性情」的實際創作，都讓我們看到了高麗漢詩在理論及實踐中的變化。

從上面的內容，我們可以發現，以文本輸入爲根本，以創作實踐爲基礎，高麗漢詩詩風發生著顯著的改變。

當然，詩風或許只是外在的體現，而促使其發生改變的內在核心還是詩學理念。伴隨批評文化的興起，高麗詩學理論也在宋代詩學的影響下豐富且興盛起來。從序、跋、書信、論詩詩、詩話等詩學批評形式，到「詩窮而後工」、「詩畫一律」、「詩以意爲主」、「詩風欲平淡」、「詩中尚用事」等詩學批評內容，宋詩學對高麗漢詩理論的形成起著至關重要的作用。

不難發現，宋詩對高麗漢詩的影響是顯著而巨大的，高麗漢詩也正是通過對宋代詩學的全面接受，而取得了令人矚目的成績。

然而，高麗時代，是不是宋詩一家獨大，而唐詩已經銷聲匿迹了呢？高麗漢詩與宋詩之間又有著怎樣的區別，它僅僅是對宋詩的一種簡單模仿嗎？

對這些問題，也需要我們去做出回答。

首先，宋詩眞的一家獨大了嗎？就如朝鮮李朝學者李睟光所言：「我東詩人，多尚蘇黃，二百年間，皆襲一套。」〔註1〕洪萬宗《小華詩評》亦云：「麗朝皆象東坡，至於大比，有三十三東坡之語。」〔註2〕似乎宋詩已經佔領了高麗詩學的天空。

不過，高麗中期，也就是李奎報、林椿等在熱烈崇拜蘇軾，並爲之癡迷的階段，稍後的崔滋卻說：「漢文唐詩，於斯爲盛」。寫過《補

〔註1〕《芝峰類說》卷九，文章部二。
〔註2〕《小華詩評》卷上。

閒集》的他似乎並沒有把宋詩凌駕於唐詩之上。高麗末期，儘管性理學逐漸興起，可李穡詩中卻有「今人盡說學唐詩」〔註3〕和「抽毫書晉字，鍊句學唐詩」〔註4〕之語。

此後，任相元曰：「自麗訖於我朝……詩近唐，文近宋。」〔註5〕金澤榮認爲，高麗「在中國之宋世，而能操三唐之聲律。」〔註6〕又云：「高麗之詩，專尚唐人。」〔註7〕李種徽（1731～1797）亦認爲：「至於所謂詩者，文人學士工於詞多而發於情寡。故麗人擬唐，鮮人擬宋。」〔註8〕而鄭夢周、李崇仁、李齊賢、鄭誧、洪侃等人詩作，更是被認爲具有唐詩特徵。如李睟光《芝峰類說》認爲「李齊賢爲近唐」。〔註9〕李崇仁之詩則「吐辭精確於渾成之中，命意深遠於雅淡之際，往往絕類唐人。」〔註10〕洪侃之詩「似盛唐人作」。〔註11〕李詹詩「不減唐人情處」。〔註12〕鄭夢周詩「有盛唐風格」。〔註13〕

這一切，告訴我們，只是用唐或者宋來爲高麗漢詩加以定性，是多麼的簡單化了。應該說，高麗漢詩是以一種開放的、兼容並蓄的態度來對待唐詩與宋詩的。對他們來說，唐詩、宋詩都很好，因此，在接受一種新的詩風時，並不排斥原有的詩風。很明顯的例子，便是他

〔註3〕《牧隱詩稿》卷十三《復用圓齋詩韻，聊以述懷》，《韓國文集叢刊》第四冊，137頁。

〔註4〕《牧隱詩稿》卷十七《偶吟　三首》，同上，211頁。

〔註5〕《恬軒集》卷三十・雜著・《蓀谷集跋》，《韓國文集叢刊》第148冊，470頁。

〔註6〕《韶濩堂集》續卷二《新高麗史序》，《韓國文集叢刊》第347冊，450頁。

〔註7〕《韶濩堂集》續卷四《雜言》十，同上，459頁。

〔註8〕《修山集》卷二《選東詩序》，《韓國文集叢刊》第247冊，311頁。

〔註9〕《芝峰類說》詩評。

〔註10〕張溥《陶隱集跋》。

〔註11〕《惺所覆瓿稿》卷二十五・說部四・惺叟詩話・洪侃詩穠艷清麗，《韓國文集叢刊》第74冊，357頁。

〔註12〕《惺所覆瓿稿》卷二十五・說部四・惺叟詩話・國初鄭以吾李詹詩最善，同上，359頁。

〔註13〕《惺所覆瓿稿》卷二十五・說部四・惺叟詩話・鄭夢周文章豪放傑出，同上。

們從不討論唐詩和宋詩之優劣。而我們知道，唐宋詩之爭從南宋就已經開始了。〔註 14〕

在高麗時代，宋詩雖然影響巨大，甚至曾經一度非常流行，但是它並未能完全取代唐詩的地位。只能說，在不同時期，唐詩與宋詩的影響力有強有弱而已。這是我們必須明確的一點。

其次，高麗漢詩眞的只是在簡單地模仿宋詩嗎？

高麗立國後，實行的是全面向中國學習的政策。金富軾在《謝許謁大明殿御容表》這樣敘述當時的情形：「上自新羅，臣屬大漢。至於本國，服事皇朝。禮義文章，庶幾夏道。衣冠制度，又慕華風。」〔註 15〕又權近在《鄭三峰文集序》中云：「吾東方，雖在海外，爰自箕子八條之教，俗尙廉恥文物之懿，人材之作侔擬中夏。自是以來，世崇文理，設科取士，一遵華制，薰陶化成，垂數百年。卿士大夫，彬彬文學之徒。」〔註 16〕高麗高宗時，大臣崔瑀還上書，「奏請本朝文物禮樂，一遵華制，其自宋國來者，許於臺省、政曹，清要之職，隨材擢用。」〔註 17〕

這種對宋朝文明的極度仰慕，使得高麗文人在學習宋詩的過程中，確實很容易陷入亦步亦趨的模仿境地。此外，由於仰慕中國的文化，並希望學習中國的文物制度，高麗還不斷向宋朝派遣留學生，這也容易促使高麗漢詩進一步成爲宋詩的「追隨者」。

朝鮮半島向中國派遣留學生，從統一新羅時代就開始了，而中國還特設「賓貢科」，允許他們參加科舉考試。雖然因爲與遼國的關係，高麗與宋朝的外交時斷時續，但是整個高麗時期依然有大批優秀生徒到中國留學，並取得科舉功名，包括權適、崔瀣、安軸、李穀、李仁

〔註 14〕齊治平《中國文學批評史上唐宋詩之爭》，《首都師範大學學報》，1981年第 1 期。

〔註 15〕《東文選》卷三十四。

〔註 16〕權近《陽村先生文集》卷十六，見《韓國文集叢刊》第七冊，117頁。

〔註 17〕《高麗史節要》卷十五．高宗安孝大王（二）．乙酉十二年。

復、李穡等高麗知名詩人。〔註 18〕崔瀣一段文字爲我們介紹了新羅至高麗賓貢生的大概情況，他說：

> 進士取人，本盛於唐。長慶初，有金雲卿者，始以新羅賓貢，題名杜師禮榜。由此以至天祐終，凡登賓貢科者五十有八人。五代梁唐，又三十有二人。蓋除渤海十數人，餘盡東士。逮我高麗，亦嘗貢士於宋。淳化孫何榜，有王彬、崔罕；咸平孫僅榜，有金成績；景祐張唐卿榜，有康撫民。政和中，又親試權適、金端等四人，特賜上舍及第。舉是可見東方代不乏才矣。〔註 19〕

宋代有多少賓貢生，筆者尚未進行統計。不過《宋史・太宗本紀》記載：「（淳化三年）三月乙未朔，以趙普爲太師，封魏國公。戊戌，親試禮部舉人。辛丑，親試諸科舉人。戊午，以高麗賓貢進士四十人並爲秘書省秘書郎，遣還。」〔註 20〕一次就有賓貢進士四十人，可見整個高麗時期去宋朝的賓貢生數量是相當龐大的。

這些賓貢生回國往往擔任要職，或者成爲文翰高手，因而，他們對高麗漢詩的創作有很大的影響。如朝鮮學者閔百順《會友錄序》所言：「迨乎新羅高麗，士多入學中國，文章道藝浸浸乎華軌而詩律亦隨而盛。以至本國文物，專象中朝而作者益多。前後華使之來，往往采其詩，編之竹帛，蓋亦取其聲律之近於華也。」〔註 21〕

這些賓貢生回國後對本國漢詩創作所產生的影響是「專像中朝」，而「聲律之近於華」則客觀評判了高麗漢詩創作的事實特點與成就。客觀地講，高麗漢詩創作確實始終沒有離開中國詩歌的範疇。朝鮮時代詩人任相元（1638～1697）在《蓀谷集跋》中評價高麗至朝

〔註 18〕楊昭全《中國——朝鮮・韓國文化交流史》第一冊，北京：崑崙出版社，2004 年，第 181～187 頁。

〔註 19〕崔瀣《拙稿千百》卷二《送奉使李中父還朝序》，見《韓國文集叢刊》第三冊，23 頁。

〔註 20〕《宋史》本紀第五・太宗二。

〔註 21〕洪大容《湛軒書外集》卷一，見《韓國文集叢刊》第 248 冊，101 頁。

鮮的文學時說：

> 吾東文運，肇於新羅，其時乃李唐氏之衰也。崔孤雲，朴仁範之詩，清麗穩順，宛然有晚唐人之風，漸漬之所緜化乎。自麗訖於我朝，文教益盛。學士先生，飆發雲興。揚聲藝苑者，蓋不可縷計。大者，馳騁事辭，自闢堂奧。小者，協比聲韻，競尚妍華。大要先詩而後文，詩近唐文近宋。所謂近者，非得之於師範，乃得之於因循也。〔註22〕

任相元說：「詩近唐，文近宋。所謂近者，非得之於師範，乃得之於因循也。」「因循」二字反映了朝鮮漢詩特別是高麗漢詩創作對中國詩歌的模仿性。

然而，我們如果就此認爲高麗漢詩將滿足於這種亦步亦趨，那就大錯特錯了。

從高麗中期開始，隨著漢詩創作的高度繁榮，藝術水平的趨於成熟，高麗詩人便逐漸開始有了獨立的意識，並日趨自信起來。如林椿說：「僕觀近古已來本朝製作之體，與皇宋相爲甲乙。」〔註 23〕這種自信的思維使他們逐漸不再將自己創作的漢詩僅僅視爲對中國文學的拙劣模仿，而是認爲高麗的詩歌是高麗人自己的文化遺產，能夠與中國詩歌取得平起平坐的地位，並且應該有自己獨特的東西。

崔滋在《補閒集》中記載了這樣一件事：

> 詩僧元湛謂予云：「今之士大夫作詩，遠託異域人物地名，以爲本朝事實，可笑。如文順公《南遊》曰：『秋霜染盡吳中樹，暮雨昏來楚外山』，雖造語清遠，吳楚非我地也，未若前輩《松京早發》云：『初行馬阪人煙動，及過駝橋野意生』，非特辭新趣勝，言辭甚的。」予答曰：「凡詩人用事不必泥其本，但愚意而已。況復天下一家，翰墨同文，

〔註22〕任相元《恬軒集》卷三十《蓀谷集跋》，《韓國文集叢刊》第 148 冊，470 頁。

〔註23〕林椿《西河先生集》卷四《與皇甫若水書》。

胡彼此之有間。」僧服之。〔註 24〕

這段故事講述的是有關詩中用事的問題，雖然崔滋認爲「天下一家，翰墨同文」，但是我們依然可以發現高麗文人已經對完全模仿中國漢詩的亦步亦趨創作手法與內容提出了質疑。而在實際創作中，他們也確實有意識地顯示出了一定的獨創意識。比如，李奎報以「論詩」爲題的詩作比戴復古的論詩詩還要早；高麗詩話也並不一味追隨宋詩話，從題目到內容，他們都有意識地往「小說」方面靠攏，而其創作的意圖則集中在「存詩」和「資學」上。此外，他們對「詩畫」、「尚意」、「平淡」、「用事」等詩學命題都有自己獨立的思考和理解。

而這種追求獨立，不滿足於亦步亦趨的意識發展到朝鮮朝初期，便得到了更爲充分的體現。李睟光（1563～1628 年）在《芝峰類說》中就繼承了前人的觀點，他說：「余謂我東人名能文詞者，無讓於中華。」〔註 25〕權鼈（1589～1671）《海東雜錄》也說：「吾東人詩格律，……其間識風教形美刺，開闔抑揚，深得性情之正，可以頡頏於唐宋，模範於後世者，亦不少。」〔註 26〕徐居正在《東文選序》中則自信滿滿地宣告：「我東方之文，非宋元之文，亦非漢唐之文，而乃我國之文也。宜與歷代之文，並行於天地間。」〔註 27〕而丁若鏞（1762～1836）更是大聲直呼：「我是朝鮮人，甘作朝鮮詩。」〔註 28〕這種自信和「自我意識」的強化，正是從高麗時期發展而來。

因此，我們在審視高麗漢詩的發展時，既不能忽視其對中國詩學，特別是宋詩的因襲，也不能忽視其在中國詩歌強大的陰影下頑強獨立的一面。正如有學者認爲：「高麗是在朝鮮古代史上最先實現文化自主統一的時期，也是文化自主精神表現得最強烈的時期。」

〔註 24〕《補閑集》卷中，《域外詩話珍本叢書》第八冊，108 頁。

〔註 25〕李睟光《芝峰類說》卷二。

〔註 26〕權鼈《海東雜錄》二・本朝二・金宗直。

〔註 27〕徐居正《四佳文集》卷四，《韓國文集叢刊》第 11 冊，248 頁。

〔註 28〕丁若鏞《與猶堂全書》第一集・詩文集第六卷《松坡酬酢》其五，《韓國文集叢刊》第 281 冊，124 頁。

〔註 29〕而這種追求獨立的精神顯然更爲可貴，這也是我們在研究高麗漢詩時需要倍加關注的地方。

高麗漢詩研究的意義或許也正在於此。

〔註 29〕蔡美花《朝鮮高麗文學的審美理想與追求》，《東疆學刊》2006 年第 1 期。

參考文獻

中國部分

1.《尚書大傳》，伏勝撰，鄭玄注，陳壽祺緝校，叢書集成初編本。
2.《楚辭校釋》，蔣天樞校釋，上海古籍出版社，1989。
3.《毛詩正義》（十三經注疏），北京大學出版社，2000。
4.《莊子集釋》，〔清〕郭慶藩撰，王孝魚點校，北京：中華書局，1961。
5.《爾雅注疏》，〔晉〕郭璞注，〔宋〕邢昺疏，北京大學出版社，1999。
6.《四書集注》，〔宋〕朱熹著，倣古字版，世界書局，1937。
7.《詩集傳》，〔宋〕朱熹集注，北京：中華書局，1958。
8.《二程全書》，同治求我齋本。
9.《二程集》，〔宋〕程顥、程頤，王孝魚點校，北京：中華書局，1981。
10.《朱子語類》，〔宋〕黎靖德編，王星賢點校，北京：中華書局，1986。
11.《近思錄》，〔宋〕朱熹編，張伯行集解，叢書集成初編本。
12.《宣和奉使高麗圖經》，〔宋〕徐兢，知不足齋本。
13.《史記》，〔漢〕司馬遷，北京：中華書局，1959。
14.《漢書》，〔漢〕班固，北京：中華書局，1982。
15.《後漢書》，〔宋〕范曄，北京：中華書局，1965。
16.《三國志》，〔晉〕陳壽，北京：中華書局，2000。
17.《宋書》，〔梁〕沈約，北京：中華書局，1974。
18.《隋書》，〔唐〕魏徵，，北京：中華書局，1973。
19.《舊唐書》，〔後晉〕劉煦，北京：中華書局，1975。

20.《新唐書》,〔宋〕歐陽修，北京：中華書局，1975。
21.《續資治通鑒長編》,〔宋〕李燾，北京：中華書局，1995。
22.《宋史》,〔元〕脱脱，北京：中華書局，1977。
23.《宋會要稿》，大東書局，1935。
24.《續資治通鑒》,〔清〕畢沅，北京：中華書局，1957。
25.《全唐詩》(增訂本)，中華書局編輯部點校，北京：中華書局，1999。
26.《全宋文》，曾棗莊、劉琳主編，成都：巴蜀書社，1990。
27.《全宋詞》，唐圭璋編，中華書局，1965 年。
28.《全宋詩》，傅璇琮等主編，北京大學古文獻研究所編，北京大學出版社，1995。
29.《宋詩精華錄》，陳衍評點，曹中孚校注，成都：巴蜀書社，1992。
30.《宋詩選注》，錢鍾書選注，北京：生活·讀書·新知三聯書店，2002。
31.《宋詩紀事》,〔清〕厲鶚輯纂，上海古籍出版社，1983。
32.《沈佺期宋之問集校注》，陶敏等校注，北京：中華書局，2001。
33.《司空表聖詩文集箋校》,〔唐〕司空圖，祖保泉、陶禮天箋校，合肥：安徽大學出版社，2002。
34.《蘇軾詩集》,〔清〕王文誥輯注，孔凡禮點校，北京：中華書局，1982。
35.《蘇軾文集》，孔凡禮點校，北京：中華書局，1986。
36.《施注蘇詩》,〔宋〕施元之注，文淵閣四庫全書本。
37.《集注分類東坡先生詩》,〔宋〕王十朋纂集，四部叢刊。
38.《蘇文忠公詩集》,〔清〕紀昀評，道光十四年刊本。
39.《蘇詩彙評》，曾棗莊主編，成都：四川文藝出版社，2000。
40.《宛陵先生集》,〔宋〕梅堯臣，《四部叢刊》影明刊本。
41.《梅堯臣集編年校注》，朱東潤校注，上海古籍出版社，1980。
42.《歐陽修全集》(據世界書局 1936 年版影印)，北京：中國書店，1986。
43.《黃庭堅全集》，劉琳、李勇先、王蓉貴校點，成都：四川大學出版社，2001。
44.《臨川先生文集》,〔宋〕王安石，中華書局上海編輯所編輯，北京：中華書局，1959。
45.《欒城集》,〔宋〕蘇轍，曾棗莊、馬德富校點，上海古籍出版社，1987。

46.《曾鞏集》,〔宋〕曾鞏，陳杏珍、晁繼周點校，北京：中華書局，1984。
47.《蘇魏公文集》,〔宋〕蘇頌著，王同策等校點，北京：中華書局，1988。
48.《淮海集箋注》,〔宋〕秦觀，徐培均箋注，上海古籍出版社，1994。
49.《陳後山集》,〔宋〕陳師道，適園叢書本，張謇彙刻
50.《張耒集》,〔宋〕張耒，李逸安、孫通海、傅信點校，北京：中華書局，1990。
51.《陸遊集》,〔宋〕陸游，孔凡禮點校，北京：中華書局，1976。
52.《劍南詩稿校注》,〔宋〕陸游，錢仲聯校注，上海古籍出版社，1985。
53.《東堂集》,〔宋〕毛滂，四庫全書本。
54.《周濂溪集》,〔宋〕周敦頤，叢書集成初編本。
55.《康節説易全書・伊川擊壤集》,〔宋〕邵雍，陳明點校，上海：學林出版社，2003。
56.《晦庵先生朱文公文集》,〔宋〕朱熹，同治求我齋本。
57.《朱熹詩文選譯》，黄坤譯注，成都：巴蜀書社，1990。
58.《元好問全集》，太原：山西人民出版社，1990。
59.《山海經校注》，袁珂校注，成都：巴蜀書社，1992。
60.《博物志校證》,〔晉〕張華，范寧校證，北京：中華書局，1980。
61.《拾遺記》,〔晉〕王嘉，齊治平校注，北京：中華書局 1981。
62.《世説新語校箋》,〔南朝・宋〕劉義慶，徐震堮著，北京：中華書局，1984。
63.《齊民要術校釋》,〔後魏〕賈思勰，繆啓愉校釋，中國農業出版社，1998。
64.《獨異志》,〔唐〕李冗，叢書集成初編本。
65.《唐摭言》〔五代〕王定保，北京：中華書局，1960。
66.《耆舊續聞》,〔宋〕陳鵠，知不足齋本。
67.《侯鯖錄》,〔宋〕趙令畤，叢書集成初編本。
68.《曲洧舊聞》,〔宋〕朱弁撰，叢書集成初編本。
69.《捫虱新話》,〔宋〕陳善，叢書集成初編本。
70.《畫墁集》,〔宋〕張舜民，知不足齋本。
71.《石門文字禪》,〔宋〕惠洪，禪門逸書初編本。
72.《佩韋齋輯聞》,〔宋〕俞德鄰，四庫全書本。

73.《石林燕語》,〔宋〕葉夢得,侯忠義點校,北京:中華書局,1984。
74.《梁溪漫志》,〔宋〕費袞,金圓校點,上海古籍出版社,1985。
75.《東都事略》,〔宋〕王偁,適園叢書本。
76.《侯鯖錄》,〔宋〕趙令畤,叢書集成初編
77.《澠水燕談錄》,〔宋〕王辟之,知不足齋本。
78.《困學紀聞》,〔宋〕王應麟,〔清〕翁元圻等注,樂保群等校點,上海古籍出版社,2008。
79.《鶴林玉露》,〔宋〕羅大經,王瑞來點校,北京:中華書局,1983。
80.《麈史》,〔宋〕王得臣,叢書集成初編本。
81.《老學庵筆記》,〔宋〕陸游,李劍雄、劉德權點校,北京:中華書局,1979。
82.《能改齋漫錄》,〔宋〕吳曾,上海古籍出版社,1979。
83.《林泉高致》〔宋〕郭熙,四庫全書本。
84.《獨醒雜誌》,〔宋〕曾敏行,叢書集成初編本。
85.《貴耳集》,〔宋〕張端義,叢書集成初編本。
86.《夢溪筆談校證》,〔宋〕沈括,胡道靜校證,上海出版公司,1956。
87.《吹劍錄全編》,〔宋〕俞文豹,張宗祥校訂,上海:古典文學出版社,1958。
88.《邵氏聞見錄》〔宋〕邵伯溫,叢書集成初編本。
89.《清容集》,〔元〕袁桷,道光宜稼堂本。
90.《弗堂類稿》,〔清〕姚華,民國十九年(1930)中華書局聚珍仿宋版印行
91.《習學紀言序目》,〔清〕葉適,北京:中華書局,1977。
92.《列仙傳校正》,〔清〕王照圓撰,清嘉慶十七年雙蓮書校刊本。
93.《忠雅堂集》,〔清〕蔣士銓,邵海清校,李夢生箋,上海古籍出版社,1993。
94.《文獻雕龍注》,劉勰,范文瀾注,北京:人民文學出版社,1958。
95.《詩品集注》,鍾嶸,曹旭集注,上海古籍出版社,1994。
96.《六一詩話》,〔宋〕歐陽修,《歷代詩話》本,〔清〕何文煥輯,北京:中華書局,2004。
97.《溫公續詩話》,〔宋〕司馬光,《歷代詩話》本。
98.《中山詩話》,〔宋〕劉攽,《歷代詩話》本。
99.《後山詩話》,〔宋〕陳師道,《歷代詩話》本。

100.《臨溪隱居詩話》，〔宋〕魏泰，《歷代詩話》本。
101.《竹坡詩話》，〔宋〕周紫芝，《歷代詩話》本。
102.《紫微詩話》，〔宋〕呂本中，《歷代詩話》本。
103.《彥周詩話》，〔宋〕許顗 ，《歷代詩話》本。
104.《石林詩話》，〔宋〕葉夢得，《歷代詩話》本。
105.《珊瑚鈎詩話》，〔宋〕張表臣，《歷代詩話》本。
106.《韻語陽秋》，〔宋〕葛立方，《歷代詩話》本。
107.《二老堂詩話》，〔宋〕周必大，《歷代詩話》本。
108.《白石詩說》，〔宋〕姜夔，《歷代詩話》本。
109.《滄浪詩話》，〔宋〕嚴羽，《歷代詩話》本。
110.《誠齋詩話》，〔宋〕楊萬里，《歷代詩話續編》本，丁福保輯，北京：中華書局，1983。
111.《庚溪詩話》，〔宋〕陳岩肖，《歷代詩話續編》本。
112.《觀林詩話》，〔宋〕吳聿，《歷代詩話續編》本。
113.《艇齋詩話》，〔宋〕曾季，《歷代詩話續編》本。
114.《藏海詩話》，〔宋〕吳可，《歷代詩話續編》本。
115.《碧溪詩話》，〔宋〕黃徹，《歷代詩話續編》本。
116.《歲寒堂詩話》，〔宋〕張戒，《歷代詩話續編》本。
117.《江西詩派小序》，〔宋〕劉克莊，《歷代詩話續編》本。
118.《對床夜語》，〔宋〕范晞文，《歷代詩話續編》本。
119.《歲寒堂詩話》，〔宋〕張戒，《歷代詩話續編》本。
120.《冷齋夜話》，〔宋〕惠洪，《稀見本宋人詩話四種》本，張伯偉編校，江蘇古籍出版社，2002。
121.《西清詩話》，〔宋〕蔡絛，《稀見本宋人詩話四種》本。
122.《冷齋夜話・風月堂詩話・環溪詩話》，惠洪、朱弁、吳沆著，陳新點校，北京：中華書局，1988。
123.《王直方詩話》，〔宋〕王直方，《宋詩話輯佚》本，郭紹虞輯，北京：中華書局，1980。
124.《古今詩話》，〔宋〕李頎，《宋詩話輯佚》本。
125.《潛溪詩眼》，〔宋〕范溫，《宋詩話輯佚》本。
126.《漫叟詩話》，〔宋〕佚名，《宋詩話輯佚》本。
127.《蔡寬夫詩話》，〔宋〕蔡啓，《宋詩話輯佚》本。

128.《洪駒父詩話》,〔宋〕洪芻,《宋詩話輯佚》本。
129.《後村詩話》,〔宋〕劉克莊,王秀梅點校,北京:中華書局,1983。
130.《詩人玉屑》,〔宋〕魏慶之,四庫全書本。
131.《苕溪漁隱叢話》,〔宋〕胡仔,廖德明校點,北京:人民文學出版社,1962。
132.《詩話總龜》,〔宋〕阮閱,周本淳校點,北京:人民文學出版社,1987。
133.《滹南詩話》,〔金〕王若虛,《歷代詩話續編》本。
134.《梅磵詩話》,〔元〕韋居安,《歷代詩話續編》本。
135.《升菴詩話》,〔明〕楊愼,《歷代詩話續編》本。
136.《麓堂詩話》,〔明〕李東陽,《歷代詩話續編》本。
137.《詩鏡總論》,〔明〕陸時雍,《歷代詩話續編》本。
138.《詩藪》,〔明〕胡應麟,北京:中華書局,1958年。
139.《清詩話》,〔清〕王夫之等撰,上海古籍出版社,1999。
140.《昭昧詹言》,〔清〕方東樹著,汪紹楹校點,北京:人民文學出版社,1961。
141.《石洲詩話》,〔清〕翁方綱,叢書集成初編,商務印書館。
142.《甌北詩話》,〔清〕趙翼,霍松林、胡主祐校點,北京:人民文學出版社,1963。
143.《匏廬詩話》,〔清〕沈濤,叢書集成續編,臺北新文豐出版公司,1985。
144.《説詩晬語》〔清〕沈德潛,《清詩話》,上海古籍出版社,1999。
145.《貞一齋詩説》(世楷堂藏本),〔清〕李重華,昭代叢書壬集。
146.《原詩》(世楷堂藏本),〔清〕葉燮,昭代叢書己集補。
147.《宋詩話考》,郭紹虞,北京:中華書局,1979。
148.《宋詩話輯佚》,郭紹虞輯,北京:中華書局,1980。
149.《郡齋讀書志》(宛委別藏衢本),〔宋〕晁公武,南京:江蘇古籍出版社,1988。
150.《直齋書錄解題》,〔宋〕陳振孫,徐小蠻、顧美華點校,上海古籍出版社,1987。
151.《文獻通考經籍考》,〔宋〕馬端臨,華東師範大學古籍研究所標校,華東師大出版社,1985。
152.《通志二十略》,〔宋〕鄭樵,北京:中華書局1992。

153.《四庫全書簡明目錄》，〔清〕永瑢等撰，上海古籍出版社，1985。
154.《四庫全書總目提要》，〔清〕永瑢等撰，北京：中華書局，1965。
155.《文史通義校釋》，〔清〕章學誠，葉瑛校注，北京：中華書局，1985。
156.《文體明辨序說．文章辨體序說》，〔明〕吳訥、徐師曾著，羅根澤、於北山校點，北京：人民文學出版社，1998。
157.《朝鮮時代書目叢刊》，張伯偉編，北京：中華書局，2004。
158.《中國所藏高麗古籍綜錄》，黃建國，上海：漢語大詞典出版社，1998。
159.《高麗史史籍概要》，黃純豔，蘭州：甘肅人民出版社，2007。
160.《宋集傳播考論》，鞏本棟，北京：中華書局，2009。
161.《宋人文集編刻流傳叢考》，王嵐，南京：江蘇古籍出版社，2003。
162.《域外漢籍叢考》，金程宇，北京：中華書局，2007。
163.《插圖本中國文學史》，鄭振鐸，北京工業大學出版社，2009。
164.《中國文學史》，袁行霈主編，北京：高等教育出版社，1999。
165.《中國文學發展史》，劉大杰，上海：復旦大學出版社，2006。
166.《中國文學史》，吉川幸次郎，成都：四川人民出版社，1987。
167.《中國古代文學通論．宋代卷》，劉揚忠主編，瀋陽：遼寧人民出版社，2005。
168.《中國詩歌通論》，張滌雲，杭州：浙江大學出版社，2006。
169.《中國文學精神》，徐復觀，上海世紀出版集團，2006。
170.《中國歷代文論選》，郭紹虞、王文生，上海：上海古籍出版社，1979。
171.《中國詩學批評史》，陳良運，南昌：江西人民出版社，1995。
172.《中國文學批評史》，郭紹虞，天津：百花文藝出版社，1999。
173.《中國古代文學批評方法研究》，張伯偉，北京：中華書局，2002。
174.《中國文學批評通史》，王運熙，上海古籍出版社，1996。
175.《中國詩學思想史》，蕭華榮，上海：華東師大出版社，1996。
176.《中國古代接受詩學》，鄧新華，武漢出版社，2000。
177.《東方文論選》，曹順慶主編，成都：四川人民出版社，1996。
178.《從經學到文學——明代〈詩經〉學史論》，劉毓慶，商務印書館，2001。
179.《中國韻文史》，龍榆生，上海古籍出版社，2002。
180.《中國駢文通史》，於景祥，長春：吉林人民出版社，2002。

181.《中國詩話史》，蔡鎮楚，長沙：湖南文藝出版社，1988。
182.《宋代文學思想史》，張毅，北京：中華書局
183.《宋代文學通論》，王水照，開封：河南大學出版社，1997。
184.《宋明理學與中國文學》，許總，南昌：百花洲文藝出版社，1999。
185.《宋詩研究》，胡雲翼，成都：巴蜀書社，1993。
186.《宋代詩學通論》，周裕楷，成都：巴蜀書社，1997。
187.《推陳出新的宋詩》，莫礪鋒，瀋陽：遼海出版社，1995。
188.《北宋詩學》，張海鷗，鄭州：河南大學出版社，2007。
189.《從唐音到宋調——以北宋前期詩歌爲中心》，曾祥波，北京：崑崙出版社，2006。
190.《詩心與文道——北宋詩學的以文爲詩問題研究》，郭鵬，北京語言大學出版社，2003。
191.《江西詩派研究》，莫礪鋒，濟南：齊魯書社，1986。
192.《宋詩：以新變再造輝煌》，許總，桂林：廣西師大出版社，1999。
193.《宋詩：融通與開拓》，張宏生，上海古籍出版社，2001。
194.《宋詩流變》，木齋，北京：京華出版社，1999。
195.《宋詩審美》，周明辰，天津人民出版社，1995。
196.《宋詩特色研究》，張高評，長春：長春出版社，2002。
197.《宋學與宋代文學觀念》，李青春，北京：北京師大出版社，2001。
198.《禪與唐宋詩學》，張晶，北京：人民文學出版社，2003。
199.《蘇軾研究史》，曾棗莊等著，南京：江蘇教育出版社，2001。
200.《蘇軾研究》，譚玉良，成都：電子科技大學出版社，2002。
201.《蘇軾詩歌研究》，王洪，北京：朝華出版社，1993。
202.《蘇軾著作版本論叢》，劉尚榮，成都：巴蜀書社，1988。
203.《道家思想與蘇軾美學》，楊存昌，濟南出版社，2003。
204.《瀟灑人生：蘇軾與佛禪》，李賡揚、李勃洋，鄭州：河南人民出版社，2001。
205.《蘇軾詩研究》，謝桃坊，成都：巴蜀書社，1987。
206.《談藝錄》，錢鍾書，北京：生活・讀書・新知三聯書店，2001。
207.《詩詞散論》，繆鉞，上海開明書店，1948。
208.《金明館叢稿二編》，陳寅恪，北京：生活・讀書・新知三聯書店，2001。

209.《他山的石頭》，〔美〕宇文所安，田曉菲譯，南京：江蘇人民出版社，2003。

210.《錢賓四先生全集・宋明理學概述》，錢穆，臺灣聯經出版事業公司，1998。

211.《理學綱要》，呂思勉，北京：東方出版社，1996。

212.《詩賦合論稿》，鄺健行，南京：江蘇古籍出版社，2002。

213.《〈楚辭〉與中國文化》，李中華，開封：河南大學出版社，1998。

214.《隔江山色：元代繪畫（1297～1368）》，〔美〕高居翰（James Cahill）著，宋偉航等譯，北京：生活・讀書・新知三聯書店，2009。

215.《朝鮮簡史》，朴眞奭等，延吉：延邊大學出版社，1998。

216.《中朝歷代朝貢制度研究》，付百臣主編，長春：吉林人民出版社，2008。

217.《中國正史中的朝鮮史料》，姜孟山等主編，延吉：延邊大學出版社，1996。

218.《中朝關係簡史》，楊昭全等著，瀋陽：遼寧民族出版社，1992。

219.《中國古代文化對朝鮮和日本的影響》，朴文一等主編，黑龍江朝鮮民族出版社，1999。

220.《中國——朝鮮・韓國文化交流史》，楊昭全，北京：崑崙出版社，2004。

221.《朝鮮——韓國文化與中國文化》，鄭判龍，〔韓〕李鍾殷主編，北京：中國社會科學出版社，1995。

222.《黄海餘暉：中華文化在朝鮮半島及韓國》，邵毅平，昆明：雲南人民出版社，2003。

223.《半島唐風：朝韓作家與中國文化》，劉順利，銀川：寧夏人民出版社，2004。

224.《漢字傳播史》，陸錫興，北京：語文出版社，2002。

225.《天下秩序與文化圈的探索：以東亞古代的政治與教育爲中心》，高明士，上海古籍出版社，2008。

226.《從周邊看中國》，復旦大學文史研究院編著，北京：中華書局，2009。

227.《趙宋與王氏高麗及日本的關係》，王儀，臺灣中華書局，1980。

228.《韓國佛教史》，何勁松，北京：宗教文化出版社，1997。

229.《韓國儒學史》，李甦平，北京：人民出版社，2009。

230.《東亞漢詩的詩學構架與時空景觀》，嚴明，臺灣聖環圖書出版，2004。

231.《亞洲漢文學》，王曉平，天津人民出版社，2001。
232.《韋旭升文集：朝鮮學——韓國學》，韋旭升，北京：中央編譯出版社，2000。
233.《朝鮮文學史》，韋旭升，北京：北京大學出版社，1986。
234.《中國文學在朝鮮》，韋旭升，花城出版社，1990。
235.《朝鮮半島漢學史》，劉順利，北京：學苑出版社，2009。
236.《韓國文學簡史》，金英今編著，天津：南開大學出版社，2009。
237.《高麗漢詩文學史論》，劉強，廈門：廈門大學出版社，2008。
238.《高麗文學審美意識研究》，蔡美花，延吉：延邊大學出版社，2006。
239.《中韓文學關係史論》，李岩，北京：社會科學文獻出版社，2003。
240.《中朝古代詩歌比較研究》，金寬雄，金東勳主編，牡丹江：黑龍江朝鮮民族出版社，2005。
241.《朝鮮詩學對中國江西詩派的接受：以高麗後期至李朝前期朝鮮詩話爲中心》，馬金科，北京：民族出版社，2006。
242.《朝鮮古典詩話研究》，任範松等，延吉：延邊大學出版社，1995。
243.《韓國詩話研究》，鄭判龍主編，延吉：延邊大學出版社，1997。
244.《韓國詩話中論中國詩資料選粹》，鄺健行等選編，北京：中華書局，2002。
245.《中韓日詩話比較研究》，趙鍾業，臺灣學海出版社，1984。
246.《比較詩話學》，蔡鎮楚，北京圖書館出版社，2006。
247.《蘇軾奉使高麗一事考略》，吳熊和，《杭州大學學報》，1995 年第 3 期。
248.《蘇東坡詩文中的高麗國》，王振泰，《當代韓國》，1998 年夏季號
249.《蘇軾文集初傳高麗考》，王水照《半肖居筆記》，上海：東方出版中心，1998。
250.《蘇詩的早期流播研究》，王友勝，《陰山學刊》，2000 年第 3 期。
251.《蘇軾對高麗「瀟湘八景」詩之影響》，衣若芬，《第三屆宋代文學國際研討會論文集》，銀川：寧夏人民出版社，2005 年。
252.《韓國高麗文學對蘇軾及其詩文的接受》，劉豔萍，《延邊大學學報》，2008 年第 4 期。
253.《東方理學宗主 淑世儒林楷模——鄭夢周與韓國性理學》，樓宇烈，《風流與和魂——東方哲學與文化叢書之二》，瀋陽出版社，1997。

254.《東亞三國詩話異同考略》，張寅彭，上海社會科學院東亞文化研究中心編《東亞文化論譚》上海文藝出版社，1998 年。
255.《試論宋代文學對高麗文學之影響》，周裕鍇，《國學研究》第十一卷，北京大學出版社 2003。
256.《高麗詩學範疇初探》，張振亭、金海救，《延邊大學學報》，2007 年第 5 期。
257.《儒學東漸與韓國漢詩》，張峰屹，《中國文化研究》，2007 年第 2 期。
258.《宋朝和麗日兩國的民間交往與漢文化傳播》，陳尚勝，《中國文化研究》2004 年冬之卷
259.《古代來華使節考論》，何芳川，《北京大學學報》，2005 年第 5 期。
260.《宋麗使節往來與文化交流》，李梅花，《東疆學刊》2007 年第 4 期。
261.《宋代論詩詩研究》，周益忠，臺灣師範大學博士論文，1990。
262.《朝鮮詩家論唐詩》，孫德彪，延邊大學博士論文，2005。
263.《姜夔與宋韻》，袁向彤，上海師範大學博士論文，2006。
264.《李齊賢漢詩創作研究》，何永波，中央民族大學博士論文，2007。

韓國部分

1.《三國遺事》，一然著，〔韓〕權錫煥、陳蒲清注譯，長沙：嶽麓書社，2009。
2.《三國史記》，金富軾，奎章閣藏本。
3.《高麗史》，鄭麟趾，奎章閣藏本。
4.《高麗史節要》，金宗瑞，亞細亞文化社，1972。
5.《高麗史中中韓關係史料彙編》，金渭顯編著，臺灣食貨出版社，1983。
6.《孤雲集》，崔致遠，《韓國文集叢刊》第一冊，韓國民族文化推進會編，首爾：景仁文化社，1990。
7.《桂苑筆耕集》，崔致遠，《韓國文集叢刊》第一冊。
8.《西河先生集》，林椿，《韓國文集叢刊》第一冊。
9.《南陽詩集》，白賁華，《韓國文集叢刊》第二冊。
10.《東國李相國集》，李奎報，《韓國文集叢刊》第二冊。
11.《梅湖遺稿》，陳澕，《韓國文集叢刊》第二冊。
12.《止浦先生集》，金坵，《韓國文集叢刊》第二冊。
13.《動安居士集》，李承休，《韓國文集叢刊》第二冊。

14.《洪崖遺稿》，洪侃，《韓國文集叢刊》第二冊。
15.《謹齋先生集》，安軸，《韓國文集叢刊》第二冊。
16.《益齋亂稿》，李齊賢，《韓國文集叢刊》第二冊。
17.《拙稿千百》，崔瀣，《韓國文集叢刊》第三冊。
18.《及菴詩集》，閔思平，《韓國文集叢刊》第三冊。
19.《稼亭集》，李穀，《韓國文集叢刊》第三冊。
20.《雪谷集》，鄭誧，《韓國文集叢刊》第三冊。
21.《霽亭集》，李達衷，《韓國文集叢刊》第三冊。
22.《淡庵逸集》，白文寶，《韓國文集叢刊》第三冊。
23.《遁村雜詠》李集，《韓國文集叢刊》第三冊。
24.《壄隱逸稿》，田祿生，《韓國文集叢刊》第三冊。
25.《牧隱稿》，李穡，《韓國文集叢刊》第三、四、五冊。
26.《圓齋稿》，鄭樞，《韓國文集叢刊》第五冊。
27.《柳巷詩集》，韓脩，《韓國文集叢刊》第五冊。
28.《三峰集》，鄭道傳，《韓國文集叢刊》第五冊。
29.《圃隱集》，鄭夢周，《韓國文集叢刊》第五冊。
30.《惕若齋學吟集》，金九容，《韓國文集叢刊》第六冊。
31.《獨谷集》，成石璘，《韓國文集叢刊》第六冊。
32.《耘谷行錄》，元天錫，《韓國文集叢刊》第六冊。
33.《雙梅堂篋藏集》，李詹，《韓國文集叢刊》第六冊。
34.《陶隱集》，李崇仁，《韓國文集叢刊》第六冊。
35.《陽村集》，權近，《韓國文集叢刊》第七冊。
36.《復齋集》，鄭摠，《韓國文集叢刊》第七冊。
37.《陽村集》，權近，《韓國文集叢刊》第七冊。
38.《春亭集》，卞季良，《韓國文集叢刊》第八冊。
39.《拭疣集》，金守溫，《韓國文集叢刊》第九冊。
40.《敬齋先生遺稿》，南秀文，《韓國文集叢刊》第九冊。
41.《四佳集》，徐居正，《韓國文集叢刊》第十冊。
42.《三灘先生集》李承召，《韓國文集叢刊》第十一冊。
43.《私淑齋集卷》，姜希夢，《韓國文集叢刊》第十二冊。
44.《占畢齋文集》，金宗直，《韓國文集叢刊》第十二冊。

45.《虛白堂集》，成俔，《韓國文集叢刊》第十四冊。
46.《錦南先生集》，崔溥，《韓國文集叢刊》第十六冊。
47.《希樂堂稿》，金安老，《韓國文集叢刊》第二十一冊。
48.《象村稿》，申欽，《韓國文集叢刊》第七十一冊。
49.《惺所覆瓿稿》，許筠，《韓國文集叢刊》第七十四冊。
50.《壺谷集》，南龍翼，《韓國文集叢刊》第一百三十一冊。
51.《恬軒集》，任相元，《韓國文集叢刊》第一百四十八冊。
52.《夢囈集》，南克寬，《韓國文集叢刊》第二百九冊。
53.《石北集》，申光洙，《韓國文集叢刊》第二百三十一冊。
54.《湛軒書》，洪大容，《韓國文集叢刊》第二百四十八冊。
55.《自著》，俞漢雋，《韓國文集叢刊》第二百四十九冊。
56.《青莊館全書》，李德懋，《韓國文集叢刊》第二百五十七冊。
57.《弘齋全書》，正祖，《韓國文集叢刊》第二百六十二冊。
58.《與猶堂全書》，丁若鏞，《韓國文集叢刊》第二百八十一冊。
59.《楓石全集》，徐有榘，《韓國文集叢刊》第二百八十八冊。
60.《警修堂全稿》，申緯，《韓國文集叢刊》第二百九十一冊。
61.《心庵遺稿》，趙斗淳，《韓國文集叢刊》第三百七冊。
62.《雲養集》，金允植，《韓國文集叢刊》第三百二十八冊。
63.《韶濩堂詩集》，金澤榮，《韓國文集叢刊》第三百四十七冊。
64.《東文選》，徐居正，漢城大學校奎章閣，1998。
65.《磻溪隨錄》，柳馨遠，古典演譯會叢書第1輯，1962。
66.《五洲衍文長箋散稿》，李圭景，東國出版社，1959。
67.《高麗大覺國師文集》，義天，黃純豔點校，蘭州：甘肅人民出版社，2007。
68.《破閒集》，李仁老，《域外詩話珍本叢書》第八冊，蔡鎮楚主編，北京圖書館出版社 2006。
69.《補閒集》，崔滋，《域外詩話珍本叢書》第八冊。
70.《東人詩話》，徐居正，《域外詩話珍本叢書》第八冊。
71.《惺叟詩話》，許筠，《域外詩話珍本叢書》第八冊。
72.《小華詩評》，洪萬宗，《域外詩話珍本叢書》第九冊。
73.《芝峰類說》，李晬光，《域外詩話珍本叢書》第九冊。
74.《白雲小說》，李奎報，《域外詩話珍本叢書》第十一冊。

75.《櫟翁椑說》，李齊賢，《域外詩話珍本叢書》第十一冊。
76.《詩話叢林》，洪萬宗，《域外詩話珍本叢書》第十一冊。
77.《惺叟詩話》，許筠，《域外詩話珍本叢書》第十一冊。
78.《溪谷漫筆》，張維，《域外詩話珍本叢書》第十一冊。
79.《晴窗軟談》，申欽，《域外詩話珍本叢書》第十一冊。
80.《遣閑雜錄》，沈守慶，《域外詩話珍本叢書》第十一冊。
81.《慵齋叢話》，成俔，《域外詩話珍本叢書》第十一冊。
82.《龍泉談寂記》，金安老，《域外詩話珍本叢書》第十一冊。
83.《稗官雜記》，魚叔權，《域外詩話珍本叢書》第十一冊。
84.《月汀漫錄》，尹根壽，《域外詩話珍本叢書》第十一冊。
85.《松溪漫錄》，權應仁，《域外詩話珍本叢書》第十一冊。
86.《筆苑雜記》，徐居正，《大東野乘》，民族文化推進會，1971。
87.《海東雜錄》，權鼈，《大東野乘》，民族文化推進會，1971。
88.《朝鮮漢文學史》，金臺俊，張璉瑰譯，北京：社會科學文獻出版社，1996。
89.《韓國文學史》，趙潤濟，張璉瑰譯，北京：社會科學文獻出版社，1998。
90.《韓國文學論綱》，趙東一，周彪，劉鑽擴譯，北京大學出版社，2003。
91.《韓國儒學史》，柳承國，臺灣商務印書館，1989。
92.《韓國儒學與現代精神》，柳承國，北京：東方出版社，2008。
93.《韓國儒學思想研究》，崔英辰，邢麗菊譯，北京：東方出版社，2008。
94.《高麗文學의探索》，劉永奉，首爾：이회문화사，2001。
95.《高麗文學散考》，김경수，首爾：제이앤씨，2006。
96.《高麗末性理學受容期의漢詩研究》，李炳赫，首爾：太學社，1989。
97.《高麗朝漢詩研究——唐宋詩受容樣相과韓國的變容》，卞鍾鉉，首爾：太學社，1994。
98.《高麗中期漢詩研究》，孫政仁，文昌社，1998。
99.《高麗漢詩研究》，李九義，首爾：亞細亞文化社，2001。
100.《韓國漢詩와 唐詩의 比較》，柳晟俊，首爾：푸른사상，2002。
101.《高麗時代漢文學研究（1）》，高敬植，集文堂，1995。

102.《高麗朝詩風轉換의意味》，尹載煥，韓民族語文學，第 44 輯。
103.《宋詩風의漢詩受容樣相研究》，權赫鎭，中國文學研究，第 34 輯。
104.《韓國文學上的蘇東坡》，趙承觀，國語國文學會論集，1964。
105.《蘇東坡의投影——高麗漢詩를 中心으로그 材源研究》，李昌龍，《人文科學論叢》第八輯，建國大學人文科學研究所，1975。
106.《蘇東坡詩文의韓國的受容》，許捲洙，中國語文學，第 14 輯，1988。
107.《韓國漢文學的東坡受容樣相》，尹浩鎭，中國語文學，第 12 輯，1986。
108.《試論高麗漢詩文中有關的蘇東坡》，金周淳，國際中國學研究，第 8 輯，2005。
109.《蘇軾對高麗漢詩之影響》，金周淳，第五屆宋代文學國際研討會論文集，2009。
110.《蘇東坡〈赤壁賦〉對朝鮮漢詩的影響》，金周淳，中國文化研究，第 16 輯。
111.《論李奎報對蘇東坡的和詩》，金卿東，中正大學中文學術年刊，第 6 期，2004。
112.《歐陽修著作初傳韓國的時間及其刊行、流佈的狀況》，黃一權，復旦學報，2000 年第 2 期。
113.《鄭知常의詩人意識과詩境地研究》，尹敬洙，外大語文論集，第 11 輯。
114.《瀟湘八景，고려와 조선의詩．畫애나타나는受容史》，고연희，東方學，第 9 輯。
115.《瀟湘八景의 受容과 樣相》，呂基鉉，中國文學研究，第 25 輯。
116.《西河林椿文學研究》，尹用植，檀國大學校，博士論文，1993。
117.《蘇軾對韓國古代文學的影響及其高麗觀之探討》，柳基榮，復旦大學，博士論文，1996。
118.《韓國漢詩理論으로서의用事論과點化論研究》，尹寅鉉，西江大學校大學院，博士論文，2000。
119.《高麗末漢詩風格研究》，崔光範，高麗大學 國語國文學科 博士論文，2003。
120.《蘇軾文學對韓國文學之影響》，洪瑀欽，嶺南大學，碩士論文，1972。
121.《李仁老研究》，李興鍾，檀國大學校，碩士論文，1982。

122.《破閑集에 나타난眉叟의文學觀》，李英娥，慶北大學校，碩士論文，1982。

123.《櫟翁稗說研究》，張德哲，慶北大學校，碩士論文，1986。

124.《崔滋의文學論研究——補閑集을中心으로》，李玉京，公州大學校，碩士論文，1997。